Kelly Brown

Kaviar und Sekt Geschichten
Kurze braun-gelbe Sexgeschichten

AF160847

Alle Personen und Geschehnisse dieses Romans sind frei erfunden. Ähnlichkeit mit lebenden Personen und tatsächlichen Geschehnissen wäre rein zufällig.

1. Auflage
Copyright © 2013 by Kelly Brown, Völklingen

Herstellung und Verlag:
BoD - Books on Demand, Norderstedt

ISBN: 978-3-7322-4077-7

Inhalt: Seite

I.	Einleitung	5
II.	Meine Fantasie	13
III.	Meine Schulfreundin	25
IV.	Der Nachtisch	47
V.	Die Party	63
VI.	Das Picknick	81

I. Einleitung

Mein Name ist Kelly Brown.
Ich bin heute 34 Jahre alt.
Ich wurde in Saarbrücken geboren, wo ich bis zu meinem Abitur auch lebte.
Einen Tag nach dem Abschluss zog ich zu Hause aus, um an der Universität des Saarlandes BWL und Psychologie zu studieren.
In beiden Fächern habe ich ein Diplom erhalten.
Meine Kindheit und Jugend würde ich als „Gut" bezeichnen. Es könnte zwar immer besser sein, aber auch sehr viel schlechter. Es hat mir nie an etwas gefehlt.
Auch am Interesse an Sex und den verschiedenen Spielarten hat es mir nie gemangelt.
Meine ersten Erfahrungen mit Kaviar und Natursekt sammelte ich, wie wohl die meisten Leute, die sich damit beschäftigen, unter der Dusche.
Als ich in das „neugierige" Alter kam, ließ ich es gerne mal laufen, während ich mich gewaschen habe. Eines Tages kam ich dann aber auf die Idee, es mal ohne das laufende Wasser zu versuchen. Ich legte mich in die Duschwanne und ließ es sprudeln. Erst ein paar wenige Tropfen, dann ein kleiner Schwall und dann den

harten Strahl. Dabei lief es mir zuerst über einen Finger, später dann in die Hand und zuletzt versuchte ich mich selbst anzupinkeln, indem ich meinen Unterleib anhob und es mir auf den Oberkörper laufen ließ.

Das warme Gefühl dabei gefiel sehr und geilte mich total auf.

Nach einigen Tagen des ständigen Hin und Hers, der Zweifel, ob das nun eklig ist, was ich da mache, oder nicht - entschied ich mich dazu, es einen festen Bestandteil meines „Sexlebens" werden zu lassen.

Nachdem ich mich einige Wochen lang nur in der Wanne betätigte, und dabei herrliche Orgasmen erlebte, wollte ich mehr.

Zuerst zog ich einen Slip an und machte diesen nass.

Dann wollte ich noch mehr. Ich wollte auch einmal das „Braune" in meinen Slip drücken und auch hinten das warme Gefühl spüren.

Gedacht – getan. Ich legte mich ein weiteres Mal in die Wanne, winkelte meine Beine so an, als würde mich jemand von vorne nehmen wollen und drückte es hinein. Direkt nachdem ich anfing zu pressen, lief gleichzeitig etwas Urin aus mir heraus, über das Braune und ich griff mit einer Hand an mein Höschen um die Masse spüren können. Das Pipi drückte sich durch den Stoff auf meine Hand, welche ich mir dann ansah und feststellte, dass sie bräunlich wurde.

Langsam näherte ich sie an meine Nase und Mund. Erst roch ich daran, dann ließ ich meine Zungenspitze die dunkle Flüssigkeit berühren. Es schmeckte die ersten Male zwar total eklig, aber der Reiz etwas so versautes zu tun, reizte mich mehr – als es mich anwiderte und so spielte ich von jenem Tag auch mit meinem Kaviar.

Während ich es mir dabei selbst besorgte, hielt ich mir immer wieder etwas von dem Braunen unter meine Nase und verrieb es daran, was mir einen Extrakick gab.

Später wurde ich noch mutiger und ging nach draußen. Ich begann im Wald, abseits des Weges, zu urinieren und zu „shitten", während Wanderer an mir vorbeiliefen. Ich stellte mir vor, dass sie mich beobachteten, und dass es sie eben so geil machte, wie mich.

Da dies nach einer Weile aber auch langweilig wurde, ging ich noch einen Schritt weiter. Ich ging an öffentliche Orte wie Bushaltestellen, Parkplätze, Bahnhöfe oder Sportplätze. Hier pinkelte und „shittete" ich dann unter den Augen der dort befindlichen Leute. Teilweise in mein Höschen, teilweise auf den Boden. Teils waren sie sehr erquickt darüber, teilweise erfuhr ich harte Beleidigungen und auch der eine oder andere Arschtritt war dabei. Aber das war es mir wert.

Weiterhin genoss ich es auch sehr, wenn ich im Sommer ein Röckchen oder ein Kleidchen tragen konnte, irgendwo mein Höschen einnässte und verschmutzte, und dann für einige Stunden in der feuchten, riechenden Unterwäsche herumlaufen konnte, oder mich auf meinen Haufen draufsetzen konnte und ich spürte, wie er sich an meinem kleinen Po verteilte, oder auch mal aus dem Höschen herausquoll. Gerne ging ich dann z.B. ins Kino oder in ein Schnellrestaurant und fingerte an mir herum, hielt mir meinen Finger unter die Nase und roch daran, um noch geiler zu werden.

So ging das etwa ein bis zwei Jahre lang, bis es mir zu langweilig wurde, diese Dinge immer alleine auszuleben. Ich wollte es mit jemand anderem zusammen genießen.

Aber woher sollte ich diesen jemand nehmen? Ich hatte zwar schon erste sexuelle Erfahrungen gesammelt, aber von meiner Seite her, war ich zu schüchtern, um eine Freundin oder gar einen Mann darauf anzusprechen.

Zum damaligen Zeitpunkt war ich immer noch der Überzeugung, dass es sich beim Kaviar- und Natursektspiel um eine abartige, total perverse Neigung handelt, die außer mir vielleicht noch vier oder fünf anderen Menschen auf diesem Planeten gefällt.

Aber Gott sei Dank gehen Mädchen ja immer zu zweit auf die Toilette.

Es begab sich während der großen Pause in der zwölften Klasse. Meine Freundin Melanie und ich mussten mal ganz dringend, und als wir die Mädchentoilette betraten, mussten wir feststellen, dass nur eine Kabine frei war, und so gingen wir gemeinsam hinein und da Melanie mir versicherte, dass sie viel mehr Druck in sich spürte, als ich, durfte sie sich zuerst setzen.

Sie zog ihren kleinen rosa Slip nach unten und noch bevor sie sich niederlassen konnte, hörte ich es plätschern und erste leisere Fürze entwischten ihrem süßen, kleinen Po.

Sofort wurde ich geil. Ich konnte gar nicht sagen, wie mir geschah. Von einem Moment zum anderen wurde ich feucht. Außerdem hatte ich direkt das Gefühl, es auch nicht länger halten zu können. Melanie schaute zu mir auf und musste erkennen, dass ich ihr zwischen die Beine starrte. Meine 18-jährige Freundin begann zu grinsen.

»Was ist?«, fragte sie?

Ich erschrak.

»Nix!«, erwiderte ich.

»Dir gefällt es, wenn ich pinkel, oder – du Sau!«, sagte sie in einem ungewohnt bestimmenden Ton.

Mir lief es heißkalt den Rücken herunter. War mir das so peinlich. Was sollte ich dem bloß entgegnen. Damit hatte ich nicht gerechnet. Ich blickte ihr kurz ins Gesicht, konnte ihr verschmitztes Lächeln erkennen, und dann schaute ich nach links zur Seite. Ich wurde rot, nahm meinen ganzen Mut zusammen, und:

»Nicht nur das Pinkeln!«, erklärte ich kleinlaut.

»Das dachte ich mir schon!«, ließ sie verlauten und begann eine stark riechende Wurst in die Schüssel fallen zu lassen.

Der Geruch und die Situation ließ mich innerlich fast verbrennen vor Gier und Lust ihren kleinen Po jetzt mit meiner Zunge säubern zu dürfen.

Aber trotzdem war mir die Situation immer noch total peinlich.

Dann war sie fertig. Sie griff sich drei, vier Blätter Toilettenpapier, wischte sich sauber und bevor sie es in die Schüssel fallen ließ, stand sie auf, roch am Papier, stöhnte kurz auf und hielt es mir entgegen.

»Willst du mal riechen!«, fragte sie lüstern, wie ich sie noch nie erlebt hatte.

Erneut wusste ich nicht, wie ich reagieren sollte.

Ich brachte meinen Ekel zum Ausdruck und meine Freundin spülte alles die Toilette herunter. Dann zog sie ihren Slip hoch und wir wechselten die Positionen.

Ganz langsam und nur wenig verließ meinen Körper, obwohl ich wirklich dringend und viel musste.

Ich blickte vor mich auf den Boden, zur Seite, überall hin, nur nicht zu Melanie.

Dann kam der harte Strahl. Es plätscherte. Als dies geschah, begann meine Freundin sich in ihren Rock zu greifen und es sah so aus, als würde sie sich streicheln. Dies erkannte ich, als ich kurz aufsah und gleichzeitig anfing eine lange braune Stange zur Welt zu bringen. Gerne hätte ich sie mit meinen Händen entgegen genommen und ihr auf ihrem kleinen Po verteilt, ihre Brüste damit eingerieben und es ihr dann von ihrem heißen Körper geschleckt, während sie mir mit ihrer Zunge die Finger und die Hand sauber geleckt hätte.
Stattdessen wendete ich meinen Blick wieder von ihr ab und starrte Löcher in den Boden.

»Was soll das denn, mein Liebling?«, sagte sie lachend, »Ist dir das peinlich?«

Sie machte eine kurze Pause und wartete auf meine Reaktion, die allerdings ausblieb. Ich blickte weiterhin gen Boden und vermied es sie anzusehen.

»Naja, du bist ja auch noch jung!«, sagte sie dann ernst.

»Ich bin vier Monate älter als du!«, entgegnete ich.

»Und trotzdem bin ich sexuell gesehen viele, viele Jahre reifer als du, mein Liebling!«

Dem hatte ich nichts entgegenzusetzen. Schweigend und verschämt beendete ich meine Sache, wischte mich ab, und, nachdem ich mir die Hände gewaschen hatte, verließ ich schweigend die Toilette. Auf dem Schulhof angekommen, begann Melanie erneut zu lachen. Sie packte mich von hinten an den Schultern, ich drehte meinen Kopf zu ihr, sie drückte mir einen flüchtigen Kuss auf den Mund und erklärte mir lachend, dass das „Pipikackaspiel" eine heiße und geile Sache ist. Während sie das sagte, wechselte sie in einen sehr erotischen Tonfall und hauchte mir entgegen, dass ich bestimmt auch bald soweit sein werde, das zu erkennen. Dann hielten wir beide an, sie ließ meine Schultern immer noch nicht los und blickte mir tief in die Augen.

»Es wird kommen ein großer Haufen Kaviar mit einer Magnumpulle Sekt, Fräulein!«, sagte sie ernst, musste dann laut lachen, und ging alleine zurück in die Klasse.

Ich blieb noch eine Weile wie versteinert auf dem Schulhof stehen. Gedankenleer, überfordert und unsicher, was da gerade passiert war.

II. Meine Fantasie

Als ich zu Hause ankam, war niemand da. Meine Mutter war bei einer Freundin, die heute Geburtstag hatte, mein Vater war arbeiten und meine Schwester vergnügte sich mit ihrem Freund, in dessen Wohnung.
Ich war immer noch verwirrt und unsicher. Was war denn da auf der Toilette los!?
Und warum bin ich nicht darauf eingegangen?
Als ich mich ins Wohnzimmer setzte und über diese Sache nachdachte, war mir klar, dass dies genau das war, was ich schon seit Längerem erleben wollte. Ich ärgerte mich. Ich ärgerte mich über mich selbst. Schon wieder passierte es! Schon wieder war es so, dass ich meine Fantasien nicht realisieren konnte. Diesmal lag es aber nicht an den anderen, oder daran, dass Realität und Fantasie zwei verschiedene Dinge sind. Nein! Diesmal lag es an mir. An meiner Feigheit. An meiner fehlenden Spontanität.
Aber, wie immer in so einer Situation, hatte ich etwas, was mir half, Dinge, die mir wichtig waren, auszuleben: Meine Fantasie!
Also bitte:

Um der Situation gerecht zu werden, ging ich in mein Zimmer und holte meine Gummipuppe,

die ich Melanie nannte, hervor, und zog ihr ein helles Shirt und einen Minirock an.
Aufgeblasen war Melanie in der Hündchenstellung, sodass ich sie gut auf die Toilette setzen konnte.
Weiterhin nahm ich einen schönen Dildo aus meiner Spielkiste unter dem Bett hervor.
Jetzt begab ich mich in unser Badezimmer im ersten Stock. Ich stellte mich vor die Toilette und öffnete selbige, indem ich den Deckel aufklappte. Dann setzte ich meine „Freundin" auf den Pott, schloss meine Augen und stellte mir vor, dass die echte Melanie vor mir sitzen würde.
Ich trug immer noch mein weißes Top und das rote Röckchen mit dem schmalen Gummibund vom Vormittag. Außerdem hatte ich mir ein schönes weißes Panty angezogen. Den Dildo legte ich erst einmal auf die Seite.
Ich schloss meine Augen und ließ einen Finger unter mein Röckchen gleiten. Sofort stellten sich meine Nippel auf und in meinem Schoß wurde es feucht. Langsam begann ich meinen Kitzler zu reizen und stellte mir dabei die Szene von heute Morgen ein weiteres Mal vor:

> »Was schaust du mich denn so geil an, mein Liebling?, fragte Melanie, als sie anfing zu pinkeln.
> »Ich bin total geil darauf, dir beim Pissen und Scheißen zuzusehen, du geile Sau!«, sagte ich forsch.

»Ich stehe total darauf, wenn man mich dabei nass macht und einsaut, meine Süße.«, erklärte meine Freundin.

»Dann werde ich dir jetzt eine Freude bereiten, Mel!«, erwiderte ich.

Ich drehte mich ganz nah vor Melanie um, spreizte meine Pobacken auseinander und begann ihr eine schöne fluffige Wurst ins Gesicht zu drücken. Gierig presste sie ihren Mund gegen meinen Anus und bewegte ihren Kopf hinter mir, damit meine braune Masse sich möglichst breit und großflächig auf ihr verteilte. Unter ein paar leisen Püpsen presste ich eine große Masse aus mir heraus und als Melanie sich ihr Gesicht vollgeschmiert hatte, begann sie damit, mir meinen Darminhalt auf den Po zu schmieren. Es fühlte sich schön an, schön warm - und der strenge Geruch tat sein übriges mich zu erregen.

Dann wollte auch meine Blase zu ihrem Recht kommen. Ich begann ihr auf die Kleider und ihr Gesicht zu pinkeln. Zuerst ließ ich nur ein paar Tropfen los, dann einen ersten kleineren Schwall, dem alsbald ein harter Strahl folgte. Dabei kam sie mit ihrem Gesicht ganz nah an meine feuchte Möse, damit sie den Urin erst auf der vollgesauten, braunen Haut und dann mit ihrem Mund aufnehmen und sogleich an ihrem Körper herunterlaufen lassen konnte.

Der Anblick, wie ihre helle Oberbekleidung immer feuchter und durchsichtiger wurde, machte mich total heiß. Mit einer Hand nahm ich etwas von meinem Kaviar am Po auf und begann ihn auf meinem Busen zu verreiben und meine harten Nippelchen zu drücken. Gierig nahm Melanie jeden Tropfen, der meinen Körper verließ, auf und pinkelte dabei ihrerseits vor die Schüssel auf den Boden. Laut plätscherte ihr Strahl, der teilweise an meine Beine ging und zum anderen Teil gegen die Tür an der Toilettenkabine lief.

Während ich sie durchnässte, wurde ihr helles Top komplett durchsichtig und ich konnte durch den weißen Spitzen-BH ihre kleinen Höfe und Knöpfchen sehen. Dann brachte auch sie ein Wurstbaby zur Welt. Unter lauten Püpsen und mit großer Kraft drückte sie eine dunkle, streng riechende Masse aus ihrem Darm, die teilweise auf den nassen Boden klatschte und zum anderen Teil in ihrer Hand landete, von wo aus sie ihren Weg auf die Zunge meiner Freundin und auf meinen Unterleib fand.

Ich rieb meinen Kitzler nun etwas intensiver und kleine „Blitze" durchliefen mich. Immer heftiger wurde das geile Gefühl, je mehr Kaviar auf mir verrieben wurde.

»Das ist so geil!«, stöhnte ich.

»Das habe ich mir schon seit Langem gewünscht!«, war Melanie geständig und begann meine letzten Tropfen aus mir herauszusaugen.

Dabei leckte sie mich, ich drehte mich um, ich packte ihre Haare und zog sie noch näher an mich heran.

»Du schmeckst herrlich, mein Liebling!«, lobte sie mich, stand auf und gab mir einen intensiven Kaviarzungenkuss.

Dabei schmeckte ich meinen Sekt und Darminhalt in ihrem Atem.

»Ich will auch!«, war alles, was ich sagen konnte, kniete mich nieder und begann auch damit sie sauber zu lecken.

Der salzige Geschmack und der Geruch nach ihrem Sekt ließen mich begierig an ihren Lippen saugen und lecken.

Auch meine Freundin ließ ihrer Lust freien Lauf und stöhnte laut auf. Mit einer Hand fingerte ich mich selbst und mit der anderen hielt ich mich an ihrer linken Pobacke fest, in die ich meine langen Fingernägel eingrub.

Zu meiner großen Freude drückte Melanie noch einen letzten Brocken Kaviar aus sich heraus, den ich gerne und vollständig in meinem Mund aufnahm und dann auf ihrer sensibelsten Stelle verrieb.

Ich stand nun wieder auf, fasste mit meinen verschmierten Händen an ihr feuchtes Oberteil und ließ meine Zunge darüber gleiten, um noch mehr schmecken zu können. Dabei griff ich mit beiden Händen nach ihren schönen, kleinen B-Körbchen Brüsten und knetete sie leicht. Dann erreichte meine Zunge ihren Mund und wir küssten uns leidenschaftlich, wobei wir begannen, uns gegenseitig die Oberteile auszuziehen.

»Ich will dich - jetzt! Jetzt und hier und gleich!«, stöhnte Mel und machte sich daran, meinen Busen mit ihrem Mund zu verwöhnen.

Sie griff nach meiner linken Brust und führte meinen Nippel in ihren Mund. Zuerst saugte sie zärtlich daran und dann begann sie an ihm zu knabbern. Erst den linken und dann liebkoste sie meinen rechten Busen. Dabei kratzte ich ihr leicht über den Rücken.

»Leg dich in meine Pisslache! Ich will es dir in meiner Pisse machen und dich mit dem Kaviar einreiben!«, hauchte sie mir entgegen und ich erwiderte ihr, dass sie mich ficken soll!

Sie sollte mich hart in ihrem Sekt nehmen.

»Ich werde dir meine ganze Faust in die Möse schieben!«

»Ich habe hier etwas besseres!«, sagte ich ihr und packte einen Strapon und Gleitcreme aus meiner Handtasche aus, die ich mit auf die Toilette nahm.

In der Realität legte ich mich nun in meinen eigenen Sekt und Kaviar auf dem Badezimmerboden, ließ mein Oberteil dabei an, zog „Melanies" nasses Top aus, hielt es mir mit einer Hand vors Gesicht und führte mir den Dildo in mein nasses Fickloch ein.

Ich legte mich auf den Rücken, winkelte meine Beine an und wartete darauf, dass meine Freundin sich „angezogen" und präpariert hatte, um es mir nach allen Arten der Kunst richtig zu besorgen.

>»Ich werde dich rammeln, wie noch niemand vor mir!«, versprach sie mir und führte meinen Plastikfreund alsbald in mich ein.

Erst machte sie langsam und dann drang sie immer fester, schneller und tiefer in mich ein. Melanie beugte sich über mich und packte mich an den Schultern um einen Gegendruck gegen ihre heftigen, tiefen Stöße zu haben. Ich stöhnte und schrie und forderte sie auf, es heftiger zu tun. Dabei konnte ich unter der Toilettentür hindurchsehen und erkennen, dass sich einige Mitschülerinnen im Toilettenraum versammelten und uns zuhörten. Der Gedanke daran, dass wir soviel Publikum hatten, ließ die Sache gleich nochmal so geil sein. Ich drückte mein Gesicht auf den Boden und saugte den mit Kaviar durchsetzten Urin in mich auf. Dann drehte ich mich auf den Rücken um meine geliebte Freundin sehen zu können. Ich winkelte meine Beine an und verrieb noch etwas Kaviar auf mir, damit der nicht gänzlich auf mir aushärtete. Laut stöhnte und schrie ich, wie geil sie mich nehmen würde. Wie sehr es mich erregte, in ihrer Pisse zu liegen und hart von ihr genommen zu werden. Dies motivierte Melanie dazu mir zu erklären, was für eine verdorbene, geile Sau ich wäre. Ich wäre ihre Ficksau und das sollte ich ihr nun sagen.

Ich tat es. Dabei kratzte ich ihr über den Rücken. Fest und heftig zog ich meine langen Fingernägel über ihr Kreuz. Teilweise machte sie das noch geiler, teilweise tat es ihr weh, aber das machte nichts. Sie poppte mich immer weiter. Immer heftiger, immer tiefer. Dann wollte ich, dass sie mich wieder von hinten rannimmt. Ich stand auf, der Urin tropfte von meinem Rücken und während ich mich in die Hündchenstellung begab, beugte sich Melanie über mich und leckte mir über den Arsch nach oben zu den Schultern. Sie lobte meinen kleinen, festen Apfelpo, bevor sie dann erneut in mich eindrang, mich an den Hüften packte und ebenso heftig mit mir rammelte, wie zuvor. Tief drang sie in mich ein und bewegte mich kräftig hin und her. Manchmal stieß ich mit dem Kopf gegen die Toilettentür, aber das machte nichts. Sie packte mich mit ihren versauten Händen an den Haaren und zog daran. Auch das steigerte meine Lust nur noch mehr. Ich schrie erneut laut auf und forderte sie auf, mehr zu geben. Ich wollte explodieren in einem Meer von Orgasmen. Ich wurde total ungehemmt und stöhnte ihr entgegen, dass sie der geilste Rüde wäre, den ich je in meiner geilen Fotze drin hatte. Sie entgegnete mir, dass ich die geilste Ficksau wäre, die sie jemals benutzt hätte. Dann begannen die ersten Mitschülerinnen an die Toilettentür zu klopfen.

In der Realität war es meine Mutter, die früher nach Hause kam und an die Tür klopfte, aber ebenso wie in meiner Fantasie, so war es mir auch in echt egal gewesen. Ich war so in meinen Gedanken versunken, dass mir erst hinterher bewusst wurde, dass es tatsächlich ein Türklopfen gab.

Wir machten einfach weiter. Dann war ich kurz davor, einen heftigen Orgasmus zu erleben. Ich forderte Melanie auf weiter zu machen, alles zu geben und mich noch härter zu stoßen. Sie tat es. Sie packte mich erneut an den Haaren, und als ich meinen Höhepunkt erlebte, stieß sie mich wie eine Fickmaschine. Ich spürte, wie er langsam kam - wie er mich innerlich erbeben ließ, bis ich meine Gefühle nur noch lauthals aus meinem Rachen rausschreien konnte. Dabei forderte mich meine Fickerin immer wieder und immer weiter auf, mich noch mehr gehen zu lassen. Ich sei ihre kleine Hure, ihr Fickstück, ihr kleines Spielzeug, mit dem sie alles machen konnte, was sie wollte.

Dann war es vorbei. Wild keuchend und nach Luft schnaubend lag ich im Badezimmer meiner Eltern und rang nach Luft. Ich ließ den Dildo aus mir rausgleiten und blieb noch gut und gerne fünf Minuten lang in meinen Fäkalien liegen und war völlig geschafft. Man war das eine Nummer! So heftig kam es mir noch nie.

Nachdem ich den Boden gereinigt und wieder alle Spielsachen in meinem Zimmer verstaut hatte, hörte ich noch etwas Musik, da ich ja immer noch glaubte, alleine zu Hause zu sein. Erst als ich etwa eine Stunde später nach unten in die Küche ging, um mir ein Glas Wasser zu holen, und ich den Blick meiner Mutter wahrnahm, wurde mir klar, dass ich mir das Klopfen nicht eingebildet hatte, sondern dass sie es war, die das Geräusch an der Tür verursachte. Sofort drehte ich mich um und verschwand wieder in meinem Zimmer. Meine Mutter hatte mich aber Gott sei Dank nicht mehr auf den Vorfall angesprochen.

Bald sollte meine erotische Fantasie aber Wirklichkeit werden. Es begab sich etwa eine Woche nach dem Vorfall auf der Toilette.

Wir befanden uns am letzten Schultag vor den Weihnachtsferien, bei Melanie zu Hause. Am nächsten Tag fuhr ihre Familie, wie jedes Jahr um diese Zeit, nach Österreich. Dort mieteten sie eine kleine Hütte und fuhren Ski und feierten ins neue Jahr hinein.

Es schneite an jenem 20.12. heftig und wir waren noch ein wenig shoppen, um die letzten Weihnachtsgeschenke zu besorgen. Als wir das Haus ihrer Eltern erreichten, waren diese ebenfalls noch unterwegs und wir waren völlig nass und durchgefrostet, da wir weder einen Schirm noch sonderlich gute Winterklamotten trugen – Mann hat ja schließlich auch bei schlechtem Wetter ein Recht darauf unsere geilen Körper begutachten zu dürfen, damit Mann weiß, was er gerne hätte, aber nie haben wird ;-)

III. Meine Schulfreundin

Draußen sind es etwa drei Grad und es schüttet wie aus Kübeln, als wir Melanies Elternhaus betreten.

Meine Freundin ist etwa 1,75 Meter groß, wiegt zirka 63 Kilo und hat lange, dauergewellte, braune Haare. Ich bin 1,74 m groß, wiege etwa 56 Kilogramm, habe blonde Haare, die bis zur Gürtellinie reichen, leuchtend blaue Augen, schmale, helle Augenbrauen und BH-Größe 75c. Ich trage rote, künstliche Fingernägel, bin im Schritt immer rasiert, habe relativ lange, dünne Beine und Schuhgröße 38.
Dreimal in der Woche begeben wir uns gemeinsam ins Fitnesscenter, treiben Kampfsport und genießen zweimal in der Woche die Sauna im Keller meiner Eltern.
Mel trägt heute eine blaue, enge Jeans, weiße Turnschuhe, ein blaues T-Shirt und eine beige Lederjacke. Ich kleide mich am heutigen Tag mit einer weißen Bluse, einer schwarzen Jeans und Sportschuhen.
Als wir das Haus betreten sind wir völlig durchnässt.
Bei mir schimmern die spitz nach oben stehenden Brustwarzen durch das weiße Oberteil.

»Ich geh direkt unter die Dusche.«, bemerkt Mel.

»Dann beeil dich aber! Ich will auch so schnell wie möglich eine heiße Dusche nehmen.«, erkläre ich.

Während ich dies äußere, sieht Melanie mit ihren leuchtend blauen Augen ganz tief in meine.

»Wieso duschen wir nicht gemeinsam?«, fragt die Brünette verschmitzt lächelnd.

Etwas überrascht schaue ich zu meiner Kumpanin. Nach ein paar Sekunden muss sie laut lachen.

»Das meinst du doch nicht ernst, oder?«

»Wieso denn nicht?«, fragt Melli und fährt mir durchs nasse, blonde Haar.

Ich bin etwas verunsichert.

»Du spinnst doch! Das können wir doch nicht machen!«

Ich sehe Melanie an und erwarte eine Reaktion auf meine Bemerkung, aber es kommt zuerst mal keine.

»Wieso denn nicht?«, beginnt die Brünette, »Hast du noch nie die Fantasie gehabt, mal mit einer Frau zu duschen? Ihr den Rücken einzureiben und ihre weichen, runden Brüste mit einem Stück Seife zu berühren!? Und wie war das letzte Woche auf der Toilette!? Tu doch jetzt nicht so scheinheilig – FRÄULEIN!«, fährt sie nun in einem ernsteren Ton fort.

Sie greift nach meiner linken Hand und lacht erneut.

»Ich habe das schon mal gemacht! Im letzten Jahr!«, sagt Melli.

»Echt!? Mit wem?«, erkundige ich mich.

»Mit Saskia! Die aus meinem Spinnigkurs.«, beginnt sie ihre Geschichte, während wir in ihr Schlafzimmer gehen und uns auf ihr Bett setzen. »Wir haben damals ein klein wenig experimentiert.«

»Klingt ja geil!«, erwidere ich, »Was habt ihr denn gemacht?«

»Oh ja, das war es auch. Wir waren bei ihr zu Hause und hatten Currywurst gegessen. Mir ist meine Schale aus der Hand gefallen und das ganze Zeug landete auf Sassys Beinen. Wir sind ins Bad gegangen und sie fing an ihre schönen, schlanken, anscheinend niemals endenden Schenkel zu säubern. Der Anblick dieser schönen Beine hat mich total erregt. Als ich ihren Körpergeruch wahrnahm, wurde ich richtig feucht zwischen meinen Schenkeln.«

Meine Augen werden mit jedem Wort, das über den volllippigen Schmollmund meiner Freundin kommt, größer. Ich gehe etwas näher an Melli heran und lausche der Erzählung der anderen Frau gespannt weiter.

»Ich begann ihre Beine zu streicheln. Sie trug an diesem Tag einen kleinen, roten Ledermini, ein weißes, viel zu enges Top und einen weißen Spitzentanga. Sie sah zu mir runter und sagte: „Komm, küss meine Beine – bitte!" Ich näherte meinen Kopf an ihre Schenkel, ohne groß darüber nachzudenken. Langsam begann ich sie zu küssen. Ich fing bei den Knien an und arbeitete mich langsam zu ihren Schenkeln hoch, während Sie durch mein Haar streichelte.«

Ich sitze nun unmittelbar neben meiner Freundin.

»Und dann?«, frage ich neugierig.

»Als ich am Bund ihres Rockes ankam, zog sie mich langsam an meinen Haaren hoch. Sie war etwa zehn Zentimeter größer als ich. Ihr gut proportionierter Körper schien endlos. Ich sah ihren tollen Bauchnabel und ihre genau richtig gebauten Brüste auf dem Weg zu ihrem Erdbeermund. Sie zog mich an sich heran und gab mir einen Zungenkuss. Ganz tief steckte sie ihre Zunge in meinen Mund und danach widmete sie sich dann meinen Brüsten. Ich trug damals keinen BH. Sofort stellten sich meine Nippel. Sie zog mir mein T-Shirt aus und begann an meiner linken Brust zu saugen. Dann wechselte sie zu der anderen. Etwas später gab sie mir erneut einen Zungenkuss. Während sie das tat, griff sie mit ihrer linken Hand unter meinen Mini. Nun wollte ich sie auch berühren, wofür ich ihr das Top auszog. Ich sah, wie ihre festen Brüste hierbei etwas nachwippten. Das war das Erregendste, was ich bis dahin gesehen hatte. Ihre kleinen Höfe und diese tollen, großen Brustwarzen - über die ich mich sofort hermachte. Sie begann zu stöhnen. „Komm beiß mich", sagte sie völlig erregt und ich tat es. Zuerst knabberte ich an der linken und dann an ihrer rechten Brust. Währenddessen hatte sie mein Höschen etwas nach unten gezogen. Dann begann sie meine feuchte Muschi mit einem Finger langsam zu streicheln. Mein Herz begann zu rasen. Kurz darauf startete ich damit ihren Hals zu liebkosen. „Oh ja!", stöhnte sie, während ich ihr kleine, runde Knutschflecken machte. Danach steckte sie einen ihrer Finger in meine feuchte Spalte. Ich konnte nicht anders. Ich begann laut zu stöhnen. Und je lauter ich wurde, desto schneller bewegte sie ihn in mir hin und her. Ich hielt mich an ihrer Schulter fest und knutschte sie immer doller an ihrem Hals. Etwas später nahm sie einen zweiten Finger hinzu, woraufhin meine kleine Pflaume auszulaufen begann. „Moment!", sagte sie, bückte sich und fing an meinen Saft von meiner Muschi zu saugen. Hierbei entdeckte ich zum ersten Mal den Spiegel, der uns gegenüberstand. Hier sah ich, wie dieses Prachtweib vor mir kniete. Ich erblickte ihren süßen Po. Ich war nun im siebten Himmel. „Steck mir deine Zunge rein", flehte ich. „Ich habe eine bessere Idee", erwiderte sie. „Leg dich auf den Boden." Ich tat es. „Mach die Beine breit!", bat sie. Dann nahm sie ihre vier Finger der linken Hand und schob sie langsam in mein Paradies. So ein Gefühl, wie in diesem Moment, hatte ich noch nie erlebt. Noch nie zuvor war ich so ausgefüllt gewesen. Ich sah ihr ins Gesicht und mit meinen Händen hielt ich ihren Arm, damit sie ihre Finger ja nicht aus mir herausnahm, bevor ich meinen Höhepunkt erreicht hatte.

Immer wieder bewegte sie ihre Hand in mir hin und her und her und hin. „Schneller! Komm, mach schon!", flehte ich. „Ja, komm, mach schneller." Ich spürte nun, dass es gleich soweit sein wird. „Mach schneller!", stöhnte ich. „Hör nicht auf! Komm schon, mach es mir!" Und kurz darauf überkam mich eine riesige Orgasmuswelle, wie ich sie noch nie erlebt hatte. Es schien gar nicht mehr zu enden. Ich schrie vor Lust. „Ja, komm! Lass es raus!", unterstützte sie mich und ich stöhnte immer lauter. Die Zeit schien stillzustehen. Solche Gefühle hatte ich noch nie erlebt.

Als ich meinen Höhepunkt hatte, legte ich meinen Kopf erschöpft auf den Boden. Ich war völlig aus der Puste. Langsam nahm sie lächelnd ihre Hand aus mir heraus und gab mir sanfte Küsse auf meine Lippen. Den Muschisaft an ihrer Hand verteilte sie auf meinem Bauch. Dann zog sie sich ihren Rock aus und legte sich mit ihrem Rumpf auf den meinen, rieb ihren Körper auf mir und begann mich zärtlich am Hals zu liebkosen. Meine Hände griffen um ihren kleinen Apfelpo. Ich streichelte ihn. „Zwick mich", forderte Saskia. Etwas zaghaft begann ich es zu tun. „Fester, du geiles Stück!", sagte sie lächelnd. Ich tat es. Daraufhin gab sie eine Art erregtes Quieken von sich. „Fester - noch viel fester!", verlangte sie weiter und ich gehorchte. Nun begann sie laut zu stöhnen und ich packte fest an ihre Backen. Sie begannen rot zu werden, so fest griff ich zu. Sie öffnete dann ihren

Mund und ließ etwas von ihrer Spucke auf meine linke Wange laufen. „Siehst du, ich bin ein versautes, böses Mädchen!", hauchte sie mir entgegen. Ich grinste und nickte. „Schlag mich!", befahl sie mir und leckte gleichzeitig ihre Flüssigkeit wieder von meiner Wange ab. „Du sollst mich schlagen, hab ich gesagt." Ich tat es zaghaft, da ich nicht wusste, wie fest sie es haben wollte. „Fester!", sagte sie, „Viel fester, ich brauch das! Na los, schlag mich richtig fest!"
Also holte ich aus und es gab ein richtig lautes Geräusch, als meine Hand auf ihrem Po aufprallte. Sofort begann sie laut zu ächzen. „Noch mal - und viel fester!", forderte sie. Ich tat es. Erneut schrie sie ihre Lust heraus. Insgesamt schlug ich sechsmal auf jede ihrer Pobacken und sie wurde mit jedem Kontakt geiler. „Hmm - du bist gut, Melli!", lobte sie mich. Immer wenn meine Hand ihren Hintern traf, wippten ihre Brüste gegen die meinen und wir züngelten, was das Zeug hielt. Noch immer schlug ich auf ihr Hinterteil, dann sagte sie: „Los, komm mal mit." Sie stand auf, griff meine Hand und zog mich hoch. „Wir gehen jetzt ins Bad." Als sie vor mir herrannte, konnte ich sehen, dass ich ihre

beiden Backen feuerrot geschlagen habe. „Tut das nicht weh?", erkundigte ich mich. „Doch, aber das ist ein geiler Schmerz!", sagte sie lachend.
Als wir im Bad ankamen, es ist eines mit einem weiß gefliesten Fußboden gewesen, stellte sie sich vor mich, machte die Beine weit auseinander und drückte meinen Kopf nach unten. „Leck mich!", befahl sie. Sofort ging meine Zunge an ihre Schamlippen. Sie begann zu stöhnen. Etwa eine halbe Minute lang, ließ ich meine Zunge durch ihre feuchte Grotte wandern. Dabei griff ich mit meinen beiden Händen nach ihren Pobacken und rieb sie. Die waren immer noch ganz warm von den Schlägen, die ich ihr verpasst hatte. „Gleich.", stöhnte sie. „Gleich - ja, ja." Ich dachte sie würde bereits kommen, aber das, was da kam, war etwas, was ich vorher auch noch nie beim Sex erlebt hatte. „Ja, ja - jjjjetzt", stöhnte sie und plötzlich spürte ich eine warme Flüssigkeit, die zum Teil in meinen Mund lief und zum Teil daran vorbei, über mein Gesicht, hin zu meinem Hals, über meine Brüste, den Bauch, hinunter zu den Beinen und dem Boden. Ich war sofort begeistert. Der warme Natursekt, der direkt aus ihrem geilen

Körper auf mich herunterlief, ließ mich erneut geil werden. So leckte ich sie weiter. Ich versuchte soviel ihres heißen, gelben Strahls in mich aufzunehmen, wie ich konnte. Dann überkam es mich auch. Ich strullerte einfach auf den Boden. Saskia beobachtete dies mit Freude und bezeichnete mich als geile, perverse Kuh, was mir im konkreten Fall sehr schmeichelte. Meine linke Hand wanderte währenddessen an meine pullernde Muschi. Noch nie zuvor hatte ich meinen eigenen Natursekt angefasst. Es war herrlich. Es machte mich so geil, als hätte ich nicht erst vor fünf Minuten meinen letzten Höhepunkt gehabt, sondern vor fünf Jahren. Dann versiegte ihr warmer Strahl. Sie beugte sich zu mir herunter. „Hat dir das gefallen, meine Süße?", fragte sie und schob mir ihre Zunge in den Hals. Ich grinste und nickte.

„Dann habe ich jetzt noch etwas, was dir sehr gefallen wird!"

Sie legte mich mit dem Rücken auf den Boden - mitten hinein - in die Pisse.

Ich konnte die Wärme an meinem Rücken spüren. Dann setzte sie sich kniend auf meine Lustzone und begann zu drücken. Die drückte mir eine lange, weiche Wurst auf meinen Venushügel und sie stöhnte erregt, während sie drückte. Als sie ihr Geschäft erledigt hatte, drehte sie sich zu mir um, hockte sich auf meine Beine und begann damit die braune Masse leicht abzuschlecken. Dann nahm sie etwas davon in ihre linke Hand und verrieb es auf meinem Bauch. Ich forderte mehr von ihr. Der strenge Geruch und die Wärme des frisch Gedrückten machten mich richtig heiß. Nachdem mein Bäuchlein nun völlig braun war, beugte sie sich etwas weiter vor, nahm den restlichen Kaviar von ihrer Hand und bestrich meine beiden Brüstchen damit. Während sie dies tat, griff ich mir auch etwas von der braunen Creme, verteilte es auf meine beiden Hände und packte damit an ihren geilen Po, der nun ebenso wie meine Brüste einen neuen Anstrich bekam.

Dann drückte sie ihren Busen gegen meinen und wir sauten uns gegenseitig ein.

Dabei stöhnte sie lustvoll: „Ist das geil!" Danach nahm sie mit ihrer rechten Hand etwas Urin auf, ließ ihn sich in den Mund laufen und schleckte ihre Hand ab. Beinahe hätte ich bereits vom Zusehen einen Höhepunkt bekommen.

„Ich muss auch mal eine Wurst zur Welt bringen", sagte ich zu ihr und wir wechselten die Positionen. Sie legte sich auf den Boden und ich richtete meinen geilen, kleinen Po auf ihr Gesicht aus.

Dann begann ich zu drücken. Während ich dies tat, steckte sie mir einen Finger tief in mein Rektum, sodass sie beim drücken schon einen total eingesauten Finger bekam. Diesen steckte sie sich dann in ihren Mund und verschlang meinen Kaviar so, wie er aus mir heraus kam. Als ich fertig war und mich umdrehte, zeugten nur ein paar kleine Reste um ihren Mund, von dem, was hier gerade passiert war.

„Man, hatte ich einen Hunger.", kam es ihr über die Lippen und sie grinste mich frech an. Ich beugte mich über sie und gab ihr einen leidenschaftlichen Zungenkuss.

Dabei entdeckte ich eine große, runde Haarbürste mit einem dicken, silbernen Griff. Ich nahm ihn in die linke Hand, drehte sie auf den Bauch, hob ihren Unterleib an und ging mit meinem Kopf an ihren Hintern, der völlig mit einer Masse von Sekt und Kaviar bedeckt war. Zärtlich küsste ich beide Pobacken und brachte sie in die Hündchenstellung.

„Was tust du da?", fragte Saskia neugierig. „Ich hab da auch ein paar ganz geile Ideen!", sagte ich grinsend, nahm den Griff von dem Kamm in den Mund, rieb ihn etwas mit Kaviar ein und steckte ihn ihr danach in ihre feuchte Vagina. „Oh ja!", hauchte sie. „Tiefer - oh ja!", fuhr sie fort. Und ich steckte ihr das Ende des Gegenstandes immer tiefer in ihr feuchtes, braun auslaufendes Loch. Mit ihrem Oberkörper badete sie weiter im braunen See. Immer wieder ließ sie ihre Brüste darin versinken.

Dann kam mir eine noch bessere Idee. Während ich sie weiter mit dem Kamm einem Höhepunkt näherbrachte, griff ich mit der anderen Hand nach einem Klümpchen Kaviar, das auf dem Boden lag. Ich schmierte mir meine Finger damit ein und steckte ihr einen davon in ihren Arsch. „Du Sau!", schrie sie erregt. Dann krümmte ich meinen Finger in ihr. „Oh ja, das ist geil, mach weiter!", bat sie. „Warte mal!", sagte ich und nahm den Kamm aus ihrem feuchten Paradies. „Gib mir mal eine von deinen Händen!", bat ich Saskia. Sie gab mir ihre rechte. Ich führte drei ihrer Finger in sie ein - und den Kamm, ließ ich in ihren Po gleiten. „Boah, ist das geil, mach weiter!", lobte sie mich. Und ich tat es. Immer schneller bewegte sie ihre Finger und ich tat es ihr mit meinem

speziellen Freudenspender gleich. Sie war nun kurz davor zu kommen. Immer lauter schrie sie ihre Lust heraus, bis sie dann mit heftigen Unterleibsbewegungen ihren Höhepunkt sichtbar machte. Beinahe hätte ich den Kamm nicht mehr richtig halten können, so kam es meiner Freundin. Sie wackelte eine ganze Weile herum, bis sie dann in den Natursekt niedersank. „Oh man, war das eine Nummer!", stellte sie erschöpft fest.
Dann platzierte ich mich neben ihr auf dem Boden. Wir lagen beide auf dem Bauch und sahen uns an. Danach mussten wir lachen. Wir küssten uns. „Und wer macht hier die Sauerei wieder sauber?", fragte ich, woraufhin sie begann, mit ihrer Zunge über den Boden zu lecken. Dann sagte sie: „Das machen wir später sauber! Jetzt duschen wir zuerst mal!" Wir standen beide auf und stellten uns in die Kabine.«

»Und was ist dann passiert?«, frage ich.

»Das würde ich dir gerne live zeigen!«, sagt Melanie schmunzelnd, nähert sich mir und beginnt damit mir auf die Wange zu küssen.

Immer wieder berührt sie mich ganz kurz. Ich lächel sie an und frage naiv:

»Ist das wirklich so toll?«

»Ja, das ist es!«, haucht mir Melli entgegen und leckt mir über die Wange.

»Na gut!«, sage ich und wir gehen ins Bad.

Vor der Dusche angekommen, entkleiden wir uns.

»Ich bin ein bisschen nervös!«, äußere ich.

»Das legt sich.«, entgegnet meine Freundin und streichelt mir über die Schultern.

Dann küsst sie meinen Hals. Ich beginne zu stöhnen und kurz darauf besteigen wir die Duschwanne. Melanie greift nach dem Duschkopf, dreht das Wasser auf und beginnt mich zu waschen.

»Zuerst deine tollen Brüste!«, beginnt sie, »Dann deinen sexy Bauchnabel. Danach kommt dein schönstes Teil dran!«

Sie hält ihren Kopf vor meine Vagina. Sofort drücke ich sie näher an mich heran und sie berührt mich mit ihrer Zunge.

»Das ist so gut!«, hauche ich meiner Freundin total erregt entgegen.

Melli lächelt:

»Habe ich's dir nicht gesagt? Nur Frauen wissen, wie es Frauen wirklich wollen!«

Nun greife ich der Freundin meinerseits zwischen die Beine. Melli steckt zwei ihrer Finger in meine Muschi. Wir machen es uns nun gegenseitig. Immer schneller, immer tiefer bewegen wir unsere flinken Fingerchen im Körper der anderen. Dabei sehen wir uns tief in die Augen. Immer lauter werden unsere lustvollen Geräusche. Hin und wieder geben wir uns intensive Zungenküsse.

»Ja, komm, mach schon, schneller, tiefer!«, flehe ich, »Los, mach schon.«

»Ja, ich mach`s dir, du kleine Sau«, stöhnt Melli.

Nun nimmt diese noch den dritten und vierten Finger hinzu. Sofort schreie ich meine Lust laut heraus.

»Oh ja!«.

Dann kralle ich mich an ihrem Rücken fest. Ich bin jetzt kurz vor meinem Höhepunkt und höre auf Melli auf zu streicheln. Ich küsse sie. Immer wieder berühren meine Lippen ihren Hals und die Wangen der Brünetten.

»Hör nicht auf, oh ja, komm schon, ich bin so geeeil! Oh ja, komm schon, gleich, gleich, glei ... ooh!«, stöhne ich immer wieder, als ich auf dem Weg zu meinem ersten realen Orgasmus durch eine andere Frau bin.

Als ich diesen Höhepunkt nun erreiche, fühle ich mich wie im siebten Himmel. Ein gigantischer Orgasmus, wie ich ihn nicht mal beim Masturbieren erlebt habe, spüre ich langsam aber gewaltig in mir hochkommen. Ich kralle mich noch fester an Mels Rücken fest.

»Ja, ja – jetzt!«

Melli bewegt ihre vier Finger immer schneller. Ich werde etwas wackelig auf den Beinen, als ich meinen Höhepunkt erreiche.

Nachdem es mir gekommen ist, lässt Melanie ihre Finger nun etwas langsamer in mir hin und her gleiten, bis sie diese nur noch in meiner Vagina verweilen lässt. Sie sieht mich liebevoll an. Ich beginne zu lächeln.

»Das war der absolute Hammer!«, sage ich mit schwerer Atmung und rasendem Herzen.

Melanie erwidert mein Grinsen. Ich umarme sie und wir küssen uns gut eine halbe Minute lang. Immer wieder lassen wir unsere Zungen miteinander spielen.

»Jetzt bist du aber dran, meine liebe Mel!«
»Okay!«
»Komm, knie dich runter! Ich habe da was ganz besonderes für dich!«

In freudiger Erwartung kniet sich die Brünette vor meinen Po. Sie öffnet ihren Mund und ich beginne zu drücken. Sofort schiebt Melli ihren Mund ganz dicht an meinen Spender. Heute gibt es eine fluffige hellbraune Wurst – und meine Freundin nimmt alles auf, was da kommt.

»Schmeckt`s?«, erkundige ich mich.
»Oh ja, sehr gut!«, antwortet sie.

Währenddessen kommt auch noch etwas Sekt aus mir heraus geschossen, welchen Mel ebenso freudig aufnimmt, wie meinen Kaviar. Sie lässt sich ihren Mund volllaufen und spuckt die Mischung aus Natursekt und Kaviar zurück auf meine Möse.

»Das ist herrlich warm!«
»Jaaaha!«

Kurz darauf versiegen meine beiden Quellen, ich drehe mich zu Melanie um, und wir küssen uns. Ihr Gesicht ist total eingesaut und sie denkt nicht daran aufzuhören, es sich mit beiden Händen auf den Wangen zu verreiben.

»Jetzt wirst du „gewaschen".«, sage ich mit leuchtenden Augen, während sich Melanie umdreht.

Diese steht nun mit dem Rücken zu mir. Ich nehme etwas von dem Kaviar und beginne ihr von hinten her den Oberkörper einzureiben.

»Zuerst die eine und dann die andere Seite.«, sage ich.

Melli lacht.

»Ja, mach sie schön „sauber", meine beiden Prachthügel.«

Dann wandert die braune Masse weiter nach unten zur Scheide der jungen Frau.

»Jetzt wird es schön!«, bemerke ich und beginne damit über Mellis empfindlichste Stelle zu reiben.

Mel stöhnt. Dann wird ein größeres Teil des Kaviars ein kleines Stück weit eingeführt und über ihrem Kitzler zerrieben. Melanie schließt ihre Augen und genießt es. Einen braunen Finger meiner anderen Hand stecke ich nun ganz vorsichtig in die Analöffnung meiner Freundin.

»Was machst du denn, du Sau?«, fragt Mel schwer atmend.

»Ich nehm dich jetzt von hinten und von vorn. Wie du`s verdient hast!«

Ich bewege den eingeführten Finger nun ein bisschen hin und her. Mel beginnt zu zucken.

»Das ist so toll. Nimm noch einen.«

Ich tue es.

»Sauber genug! Es wird Zeit, dass ich wieder dreckig werde!«, haucht sie.

Ich küsse zärtlich den Nacken meiner Freundin, und wandere langsam ihren Rücken herunter, bis ich an ihrem Poloch ankomme. Dies bewegt sich schon leicht nach außen und schon einen Moment später kann ich die Spitze eines kleinen Würstchens sehen, welches sich alsbald zu einer ausgewachsen braunen Stange bildet. Diese nehme ich mit beiden Händen auf und zerdrücke sie teilweise auf dem Po meiner Freundin und aufstehend, dann an ihren Brüsten. Dabei reibe ich meinen Unterleib an ihrem frisch bestrichenen Rektum und knete ihre schönen Brüste braun einschmierend, bis sie sich wolllüstig zu mir umdreht, einen langen Zungenkuss gibt, und wir uns dabei zärtlich die Pos streicheln und beschmieren. Dann führe ich ihr drei ihrer Finger in die eigene Scheide ein, während ich ihren Kitzler reize.

»Tu es ganz langsam und zärtlich«, bittet Mel, die sich währenddessen ein weiteres Stück Kaviar in ihren Mund schiebt und mich damit zärtlich küsst.

»Okay, mein Schatz. Ich tu alles, was du sagst.«, entgegne ich.

Ich beginne damit Melanie einen Finger in ihr Hintertürchen zu schieben. Diese lässt ihre Zunge vor Geilheit über ihre eigenen Lippen wandern. Mel küsst mich.

»Mach es mir vorne! Ganz schnell.«, haucht sie mir entgegen und ich nehme mir mit 2 Fingern ihren Kitzler vor.

Sie schreit ihre Lust nun Himmel hoch jauchzend raus. Sie stöhnt so laut, dass ich ihr ihre eigenen Finger in den Mund stecke, damit die Nachbarn nicht gleich an die Wand des Reihenhauses klopfen. Dann kommt Melanie. Sie verdreht die Augen und ich feuere sie an:

»Ja, komm, los, schrei es raus, lass dich gehen!«

Und Melanie entspricht diesem Wunsch. Sie schreit so laut es ihre Stimmbänder hergeben. Es kommt mir so vor, als würde sie gar nicht mehr aufhören. Dann nimmt sie tief Luft:

»Puh, war das geil!«, stellt sie mit schwerer Atmung fest, grinst und küsst mich.

Wir greifen uns gegenseitig an die Pobacken und reiben diese.
>»Das müssen wir unbedingt wieder mal machen!«, erkläre ich.
>»Ich bin froh, dass du meine beste Freundin bist!«, entgegnet die Brünette.
»Wir werden noch viele geile Stunden miteinander verbringen!«, fügt sie hinzu und wir geben uns erneut Zungenküsse.
Dann duschen wir uns gegenseitig ab, ich packe meine Sachen zusammen, steige in mein Auto und fahre nach Hause.

IV. Der Nachtisch

Es war der letzte Abend vor dem Ende unserer letzten Semesterferien des Studiums. Melanie und ich waren wieder einmal alleine bei mir zu Hause und wir bereiteten uns ein leckeres Abendessen, bestehend aus Lachslasagne und zwei guten Flaschen Wein.
Dies hatten wir uns auch verdient, nachdem wir die letzten beiden Tage damit verbrachten, mein Zimmer neu zu renovieren.
Da ich auch ein neues Bett inklusive einer neuen Matratze und neuem Bettzeug von meinen Eltern spendiert bekam, wollten wir Gelegenheit nutzen und eine schon lange vorhandene Fantasie in die Realität umsetzen.
So gingen wir also nach dem köstlichen Mahl rauf in mein Zimmer und begaben uns in mein altes Bett. Wir hatten die beiden Weinflaschen ausgetrunken, waren also schon etwas beschwingt, und hatten auch zuvor reichlich Wasser getrunken, damit unsere Blasen bis an den Rand gefüllt waren. Weiterhin hatten wir schon lange den Wunsch mit Kaviar, sprich mit dem Inhalt unserer Därme, zu spielen. Wir hatten beide bereits Erfahrungen auf dem Gebiet gesammelt – aber eben nur für uns alleine und nicht gemeinsam oder mit sonst einer anderen Person.

Als wir mein Zimmer betraten, schaltete ich leise romantische Musik ein und wir zogen uns beide gegenseitig bis auf die Unterhosen aus. Ich trug ein rotes und Melanie ein weißes Panty. Dann begaben wir uns in mein Bett. Sofort begannen wir zu knutschen. Wir züngelten und drückten unsere Brüste aufeinander. Ich lag unten und auf dem Rücken, Melanie befand sich auf mir. Dann winkelte sie während unserer Küsserei die Beine an und hob ihren Po etwas in die Luft.

»Sollen wir es unter der Decke machen?«, fragte sie mich.

»Wenn schon, denn schon!«, erwidere ich und wir lächeln uns an, »Musst du denn schon?«

»Oh ja, meine Blase ist kurz vorm platzen.«, klärt sie mich auf und ich greife nach meiner Bettdecke.

Ich decke uns zu und schon kann ich ihren warmen Sekt spüren, wie er von ihren Beinen herab, auf die meinen läuft und den Stoff unter mir in eine nasse Lache verwandelt.

»Das fühlt sich so geil an.«, bemerkt Melanie lächelnd und gibt mir weiterhin Küsse, während sie ihren Strahl in mein Bett laufen lässt.

»Macht es dich auch so geil, wie mich?«, erkundige ich mich bei ihr.

»Davon träume ich schon, seitdem ich mir das erste Mal in die Hose gemacht habe!«, klärt sie mich auf.
»Und wie war das?«
»Was?«
»Das erste Mal, dass du dir in die Hose gemacht hast.«
»Das ist schon einige Jahre her. Damals war ich allein zu Hause und ich wusste, dass meine Eltern erst in ein paar Stunden wieder kamen, da sie auf einem Kabarettfestival waren. Ich habe den ganzen Tag viel getrunken und gegessen und habe es vermieden auf die Toilette zu gehen. Ich war also bis obenhin gefüllt. Dann war es endlich soweit, dass meine Eltern das Haus verließen, und ich mich mit einem alten Panty und einer alten Jeans ins Badezimmer begeben konnte.
Ich ging in die Hocke und ließ es langsam laufen. Erst konnte ich gar nichts besonderes spüren, aber als sich die Jeans und das Panty langsam vollsaugten, und sich unter mir ein kleiner, gelber See bildete, wurde ich sehr erregt. Während ich mich einnässte, begann ich damit, meine Rosette zu öffnen, und eine schöne breiige Masse, aus ihr heraus, in mein Panty, zu drücken und es wurde warm an meinen Po. Da ich zur damaligen Zeit,

wie heute auch, gerne sehr enge Klamotten trug, reichte meine Kleidung nicht aus, um all dem Kaviar Platz zu bieten, weshalb ich mich, nachdem ich den gesamten Sekt aus meiner Blase rausgelassen hatte, dazu entschloss, meine nasse Jeans und mein Panty auszuziehen und auf den Boden zu legen. Die Unterwäsche legte ich in den kleinen gelben See und die Jeans legte ich daneben. Dann hockte ich mich über das blaue Kleidungsstück wischte mir erst einmal mit einem der Beinteile den Po ab und drückte dann den Rest der braunen Masse in meine linke Hand. Als ich eine riesige Wurst herausgepresst hatte, setzte ich mich mit meinem Po in den Kaviar auf der Jeans, und begann damit, den Haufen in meiner Hand, auf meine Möse zu reiben, und als sich diese komplett verfärbt hatte, rieb ich meine Brüste damit ein bevor ich mir dann noch meinen Bauch braun einfärbte. Den Rest, der an meiner Hand kleben blieb, leckte ich vorsichtig mit meiner Zunge ab. Ich machte hierbei die Erfahrung, dass der eigene Kot nicht ganz so ekelhaft schmeckte, wie ich es mir vorstellte. So streifte ich mir über meinen Bauch und meine Brust und nahm einen ganzen

Finger voll davon in den Mund und ließ es auf meiner Zunge zergehen.
Dabei wurde ich so erregt, dass ich mich nach vorne zu dem kleinen, gelb-braunen See beugte, und die Mischung aus Sekt und Kaviar auf mir verrieb. Dann nahm ich meinen kleinen Freund, du kennst ja meinen Vibrator „Fred", und führte ihn mir ein. Ich spreizte meine Beine weit auseinander und nachdem ich ihn in meinem Mund, mit etwas von dem, was sich noch darin befand, eingecremt hatte, wanderte er in seinen Bestimmungsort und leistete dort ganze Arbeit. Nach einer Weile änderte ich dann meine Stellungen. Zuerst legte ich mich auf meine Jeans, dann in meine gelb-braune Lache und zu guter Letzt ging ich in die Hündchenstellung und während ich es mir von hinten machte, ließ ich meine Zunge und mein Gesicht in meinem Natursektsee versinken, wo ich dann einen heftigen Orgasmus erlebte.
Als ich fertig war, zog ich das Höschen und die Jeans nochmals an, säuberte den Boden, nicht aber mich und ließ die schmutzigen Klamotten noch einige Stunden an meinem Körper. Ich nässte mich in der folgenden Zeit noch zwei, drei Mal ein und sorgte dafür, dass ich

auch weiterhin im siebten Himmel schwebte, bevor ich dann meine schmutzigen Spuren, vorm zu Bett gehen, endgültig beseitigte.«

»Das klingt sehr geil, meine liebe Freundin.«

»Ja, das war es auch. Und wie war dein erstes Mal?«

»Mein erstes Mal war mit einer Windel im Freien! Meine Oma Erna, die ja inkontinent ist, war zu Besuch bei uns und da sie natürlich Windeln trägt und etwa meine Größe hat, borgte ich mir eine aus. Dann ging ich in die Stadt. Es war Winter und man trug dicke Klamotten gegen die Kälte. Also zog ich mir einen dicken Mantel über meine Jeans und mein Top und so konnte ich, von allen unbemerkt, eine Windel tragen, ohne dass dies groß aufgefallen war. Ich ging in einen unserer Supermärkte und stand mitten in dem Laden, als ich dann eine große Wurst und ordentlich Sekt in die Windel füllte. Es war herrlich. Während ich es tat, stand ich an der Wursttheke und kaufte mir zwei Mettwürste. Um mich herum standen gut und gerne zehn Leute und ich machte mir in die Windel. Keiner merkte was, keiner roch was, und ich war so erregt, dass ich es mir am liebsten vor all den Leuten gemacht hätte. Aber das wäre mir dann doch zu viel gewesen. Naja, das hätte ich mich im Leben nicht getraut.

Also ging ich mit der vollen Windel runter an den Bahnhof. Es war mittlerweile schon dunkel und außer ein paar angetrunkenen Teenagern war niemand mehr an diesem Ort. Also wartete ich, bis mich einer der Jungs ins Visier genommen hatte, und begann damit, meinen Mantel auf den Boden zu legen und meine Hose zu öffnen. Sofort hatte ich seine Aufmerksamkeit erregt und er starrte mich an. Dann war es soweit, dass ich meine Windel öffnete und er kam näher. Er wollte wissen, was ich da mache. Ich erklärte ihm, dass ich meine volle Windel entsorgen möchte und was ihn das denn angehen würde. Dann fragte er, ob ich denn krank wäre, weil ich in meinem Alter noch in die Windel machen würde. Ich erklärte ihm, dass ich auch mit 18 Jahren noch das Recht haben würde, eine Windel vollzumachen, wenn es mir Spaß machen würde. Es gefiel ihm, dass ich so drauf war, und er sagte mir, dass er dann ja wohl mit 21 das Recht hätte, mir auf meinen geilen Arsch zu pinkeln, wenn ihm danach wäre, und ohne ein weiteres Wort zu sagen, streckte ich ihm mein Heck entgegen, und nachdem er mich vollgestrullt hatte, hatte er mich noch hart von hinten genommen und auch meine braune Rosette auf ihre Kosten kommen lassen.

Dann zog ich mich wieder an und ging nach Hause, wo ich als erstes eine schöne Dusche genommen hatte, bevor ich mich dann wieder mit meiner armen, kranken Oma befasste.«

»Wow! Ich sage es ja immer! Du bist eine Sau! Eine richtig geile Sau!«

»Ich habe nie etwas anderes behauptet, meine liebe Melanie.«

Nachdem wir uns nun von unserem ersten Mal erzählt hatten und in einer nassen, warmen Lache lagen, war es jetzt an der Zeit edlen Kaviar zu verteilen.

»Wie hättest du es denn gerne?«, erkundigt sich Melanie.

»Ich will, dass du mir deinen Kaviar auf den Bauch drückst, während ich in mein Höschen pinkel und du daran saugst.«

»Das wird so nicht funktionieren«, klärt meine Freundin mich auf, »Aber ich kann dir zwischen die Brüste kacken, während ich mich an deinem Sekt labe.«

»Das ist auch in Ordnung.«, erkläre ich.

Dann zog sie ihr nasses Höschen aus und legte es mir vor die Nase, während sie anfing eine große, braune Wurst zwischen meine Brüste zu drücken. Gleichzeitig fing ich an, mir in mein Panty zu pinkeln und sie ging mit ihrem Mund an die Stelle, aus der der goldene Sekt mein Höschen verließ, und saugte ihn auf.

Sie drückte eine ordentliche Portion aus ihrem Leib und ich begann damit, meine Brüste zusammenzudrücken, und sie auf ihnen zu verreiben. Als nichts mehr aus ihr herauskam, drehte sie sich um, und bewunderte ihre Arbeit. Sie nahm ihre beiden Hände und verteilte ihre braune Masse auf meinen Titten und meinem Hals.

»Ich will es schmecken, du geile Sau!«, sagte ich lüstern und sie reichte mir ihre braun verschmierten Hände an meinen Mund.

Gierig beugte ich meinen Kopf vor und leckte ihre Handflächen ab. Das völlig durchnässte Bett tat sein übriges, uns total zu erregen, was dazu führte, dass auch Melanie anfing, an einer ihrer Hände zu lecken und alsbald gaben wir uns wilde, braune Küsse. Wir schmeckten ihren Kaviar in unseren Mündern und wir genossen es uns gegenseitig zu verschmieren. Kurze Zeit darauf waren wir beide total braun an unseren Oberkörpern und wir leckten uns abwechselnd die Brüste und saugten an unseren verschmierten Nippeln. Dann wechselten wir die Positionen. Melanie legte sich mit dem Rücken zum Fußende des Bettes, in die nasse Lache und ich setzte mich nun auf sie. Ich rieb meine nasse Fotze auf ihrem braunen Oberkörper und rutschte dann hinauf in ihr Gesicht und ließ mich von ihr lecken. Ich genoss es sehr, ihre Zunge an meinen kaviarbedeckten Lippen zu spüren. Immer wieder wechselte ich zwischen ihrem Mund und ihrem brauen Oberkörper hin und her. Immer wieder ließ ich sie von ihrem eigenen Kaviar naschen, bis ich dann an der Reihe war, etwas von meinem „braunen Gold" zu spenden. Ich wendete Melanie meinen Po entgegen und legte mich auf ihren Bauch. Dann bat ich sie, mir einen Finger in meine Rosette zu schieben, und nachdem sie dies tat, fing ich an zu drücken. Ganz langsam schob ich meinen Darminhalt nach vorne und meine Freundin nahm ihren Finger jedes Mal aus mir heraus, wenn sie spürte, dass etwas braunes an ihrem Finger haftete. Sie schob ihn sich dann in ihren Mund und saugte meinen Kaviar von ihm ab. Dann führte sie ihn wieder in mich hinein. So ging das eine ganze Weile, bis sie es schließlich in ihrem Gesicht spüren wollte. Sie nahm ihren Finger aus mir heraus und erklärte mir, dass sie jetzt die ganze Ladung haben wollte. Also tat ich, was meine Liebste von mir erwartete. Ich rückte noch näher an sie heran, meine Möse berührte nun ihr

Kinn, und dann drückte ich ihr eine ganze Ladung in ihr Gesicht. Ein Teil landete in ihrem Mund und sie begann damit, es zu zerkauen und zu schlucken oder aus ihrem Mund in eine Hand gleiten zu lassen, um die schmierige Masse auf meinem Po zu verteilen. Der Rest, der nicht „verarbeitet" wurde, verteilte sich auf ihrem Gesicht. Weiterhin kam immer mal wieder ein kleiner Schwall Sekt aus meiner Möse herausgelaufen, den sie aber auch dankbar verwendete, oder auf das Bett laufen ließ.

Nachdem ich alles nach draußen gedrückt hatte, drehte ich mich zu ihr um, und sah sie grinsend an.

»Hat es der Dame gemundet?«, fragte ich.
»Vielen Dank der Nachfrage. Es schmeckte mir vorzüglich.«

Dann neigte ich meinen Kopf zu ihr herunter und wir küssten uns. Ich schmeckte meinen Kaviar sowohl in ihrem Mund als auch in ihrem Atem und kam dann auf die Idee, etwas von meinem Po zu nehmen, es zu einem kleinen Klümpchen zu formen und es dann in meinem Mund verschwinden zu lassen. Dann küssten wir uns weiter und das kleine Bällchen wanderte immer hin und her - von mir zu ihr und wieder zurück. Dabei wurde der Kaviar von unserem Speichel immer mehr verflüssigt, bis sich Melanie dann an einem abfallenden Stück verschluckte und heftig zu husten begann. Sofort stieg ich von ihr herunter und klopfte ihr auf den Rücken, damit es besser werden sollte. Sie war wohl kurz vorm Erbrechen, aber dies passierte nicht.

In diesem Moment stellte ich mir vor, wie es wohl wäre, auch diesen Aspekt oder besser gesagt auch diese Spielart zu praktizieren. Aber zu diesem Zeitpunkt kam es dazu nicht, obwohl es mich sehr reizte, solange ich aufgegeilt war.

Nachdem Melanie wieder alles im Griff hatte, bat ich sie, dass sie sich meinen Strapon anzieht und meine kaviarverschmierte Möse ficken sollte. Gerne kam sie meinem Wunsch nach und ich legte mich mit meinem Gesicht in das mittlerweile vollgepinkelte Kopfkissen und reckte ihr wollüstig meinen Unterleib entgegen. Alsbald führte sie meinen Strapon in mich ein, packte mich bei den Hüften und rammelte mich ordentlich durch. Immer wieder versuchte ich derweil noch einen Rest Kaviar aus mir herauszudrücken, was mir aber nicht wirklich gelungen war, da ich ihr wirklich meine gesamte Ladung ins Gesicht drückte.
Während sie mich hart von hinten nahm, drückte ich mein Gesicht so tief es ging in mein Kopfkissen, um soviel wie möglich, von dem nassen und teilweise auch mit Kaviar bedeckten Stoff, an bzw. in mich aufzunehmen. So schnell

wie schon lange nicht mehr näherte ich mich einem heftigen zweiten Höhepunkt, den man wohl auch noch drei Häuser weiter wahrnehmen konnte, als mich meine Geliebte mit Worten wie: „Du bist meine geile Ficksau, du geile Pissschlampe oder Kaviarnutte, zeig mir, wie geil ich dich mache" in meinen ersten multiplen Orgasmus trieb. Es wollte gar nicht mehr aufhören, in mir zu blitzen und meine Muskelkontraktionen waren kurz davor mir Schmerzen zu bereiten, so heftig waren diese, als ich während meines Höhepunktes, noch etwas vom leckeren Kaviar meiner Freundin in meinem Mund hatte.

Dann ließen ihre Stöße langsam nach, bis sie sich aus mir entfernte und ich mich auf den Rücken drehte und heiße und intensive Zungenküsse, die ebenfalls noch braune Züge hatten, empfing. Dann sollte Melanie auf ihre Kosten kommen. Da der meiste Kaviar, der an unseren Körpern haftete, bereits hart war, suchte ich kleinere Klümpchen auf dem Bett, formte sie zu einer Kugel und feuchtete diese mit meinem Speichel an, um die braune Masse dann auf ihrer Möse und ihrem Po zu verteilen. Dann legte sie sich auf den Rücken, in den unteren Teil des Bettes und winkelte ihre Beine an, damit ich sie mit dem Strapon ordentlich befriedigen konnte. Ich drückte meinen Oberkörper gegen ihre Beine und bewegte den künstlichen Freudenspender tief in sie hinein und sie quittierte jeden Stoß mit einem heftigen Stöhnen. Überall an ihren wohlgeformten Körper konnte ich Kaviarspuren entdecken, die durch den vielen Sekt leicht glitzerten und einen geilen Duft im Raum verteilten, der uns beiden noch mehr geiles Vergnügen bereitete, als wir es ohnehin schon immer erlebten, wenn wir uns dem gemeinsamen Liebesspiel hingaben. Ebenso sorgte der geile Geruch nach Kaviar und Natursekt dafür, dass wir unsere Höhepunkte viel schneller erreichten als gewöhnlich. Es dauerte noch keine drei Minuten und Melanie, die sich während dieser Zeit immer wieder Kaviar griff und sich im Gesicht verteilte, war im siebten Himmel angekommen. Auch ihre Lustschreie waren ohne Probleme in der gesamten Nachbarschaft zu hören gewesen, da wir wegen des Geruches die beiden Fenster in meinem Zimmer „auf Kipp" hatten.

Nachdem auch meine Freundin, unter heftigen Bewegungen und lautem Gestöhne ihren Höhepunkt erlebte, fuhr ich den Strapon aus ihr heraus und legte mich erneut auf sie. Wir küssten uns und beteuerten uns unsere gegenseitige Liebe. Wir blieben in unserem Kaviar liegen, gingen auch nicht duschen und ließen auch den Rest der Nacht immer mal wieder etwas Sekt nachfließen, wenn es wieder mal Zeit war, unsere „Tanks" zu entleeren.

Gegen vier Uhr am Morgen schliefen wir ein und erwachten einige Stunden später aus einem tiefen und ruhigen Schlaf, aus dem uns mein Vater weckte, der Melanie um zehn Uhr nach Hause fahren sollte, da sie gegen 11 Uhr ein Vorstellungsgespräch für ein Praktikum hatte.

Da ich leider keinen Termin hatte, musste ich zu Hause bleiben und ein Gespräch mit meiner Mutter führen, das ich niemals vergessen werde ;-)

V. Die Party

Ich ging zusammen mit meiner Freundin Melanie auf eine schon lange geplante Party. Das war im Jahr 2001. Diese Feier organisierte unsere alte Freundin Petra, die wir noch aus unserer Grundschulzeit kennen. Nachdem wir, also Mel und ich, aufs Gymnasium wechselten und Petra eine örtliche Gesamtschule besuchte, verloren wir uns etwas aus den Augen, aber den Tag ihres zwanzigsten Geburtstages wollten wir mit ihr begehen.

Sechs Jahre haben wir nichts mehr voneinander gehört. Entsprechend erleichtert sind wir, als wir merken, dass es keinerlei Fremdeln oder etwas ähnliches gibt, als wir uns endlich wieder gegenüberstehen.

Petra sieht toll aus. Sie ist etwa so groß wie ich und trägt lange, rotgefärbte Haare und ein tolles rotes Abendkleid, das kurz über ihren Knien endet. Ich trage, ebenso wie meine Freundin Melanie, ein weißes knappes Minikleidchen mit dazu passender, weißer Unterwäsche. Mel trägt einen Bh – ich nicht. Dazu zogen wir helle Lederstiefel an.

Die Feier ist gut besucht, sodass wir drei uns kurz ins Elternschlafzimmer zurückziehen, um uns ungestört unterhalten zu können.
Dort legen wir uns nebeneinander auf das breite Bett, welches Petras Eltern gehört.
Unsere Gastgeberin schenkt uns etwas Cola in unsere mit Rum gefüllten Gläser und wir stoßen aufeinander an.
Nachdem wir etwa dreißig Minuten miteinander geplauscht haben und bereits das dritte Glas eingeschenkt bekommen, sage ich, dass ich mal das „Örtchen" aufsuchen müsste.
Petra erklärte mir den Weg und Mel schloss sich mir an. Zusammen und mit einem warmen Gefühl im Bauch betreten wir das Badezimmer.

»Ich mach zuerst.«, erkläre ich, hebe mein Kleidchen an, ziehe meinen String runter und setze mich auf die Schüssel.

»Du bist ja immer noch nicht rasiert!«, bemerkt Mel erschrocken.

»Also, wo du schon wieder hinsiehst!«, empöre ich mich.

»Warum hast du das denn nicht gemacht?«

»Keine Lust, kein Freund, kein Sex!«, erkläre ich.

Ich beginne mein kleines Geschäftchen zu verrichten.

»Zeig mir mal deine Pussy!«, fordere ich lächelnd von meiner Begleitung und wende meinen Blick zwischen die Beine der Freundin.

Sofort hebt sie ihr Röckchen und ich bemerke, dass sie kein Höschen trägt.

»Also, das ist ja wohl die Höhe, Fräulein!«, empöre ich mich pinkelnd, »Du bist mir ja eine kleine Sau! Du trägst ja gar kein Höschen!«

»Na und!?«, äußert Melanie, »Ich trage keines! Vielleicht kommt man ja mal in eine Situation, in der es schnell gehen muss und dann bin ich froh, wenn ich nix darunter trage. Außerdem sage ich ja auch nix, dass du deine Dinger einfach so, ohne BH, der Schwerkraft überlässt, oder!?«

»Da kann ja auch nix passieren, oder?«

»Und wie war das letzte Woche? Als es plötzlich anfing Bindfäden zu gießen? Da gab es kaum etwas, was man nicht gesehen hat! Deine spitzen Nippel ragten ja gut so ein Stück (sie zeigt übertriebene 35 Zentimeter) in die Welt hinaus.«

»Tja, wenn man es hat, kann man es ja auch zeigen, oder?«, entgegne ich.

»Ooh!«

»Reg` dich nicht auf, Mel. Dafür kann bei mir keiner kommen und dass da machen!«

Während ich dies sage, strecke ich meinen Zeigefinger aus und reibe damit über die Muschi der vor mir stehenden Freundin. Sofort greift sie nach dem Duschkopf, dreht das kalte Wasser auf und nässt mich ein.

»Was machst du denn da?«

»Das war eine spontane Eingebung!«

»Du bist mir ja vielleicht ein verrücktes Huhn!«, erwidere ich.

»Jetzt muss ich auch mal ganz dringend.«

»Moment.«, fordere ich, stehe auf und betätige die Spülung.

»Ich will dich in der Dusche anpinkeln und dann sauber geleckt werden!«, sagt Mel verschmitzt lächelnd.

Ich grinse ebenfalls und gehe Richtung Kabine, während ich mein Kleidchen ausziehe und auf den Boden werfe. Dann küssen wir uns mit Zunge und begeben uns zusammen in die Dusche. Hierbei reibt mir meine Freundin zärtlich über den Po. Ich begebe mich in die Hocke und beobachte wollüstig, wie meine Freundin mir ihre Quelle öffnet, und sie mir entgegenreckt. Dabei packe ich mit meinen beiden Händen kräftig an ihre Hinterbacken und drücke sie nah an mich heran. Erwartungsvoll blicke ich zu ihr auf.

»Ja, ja, es kommt ja schon.«, sagt sie lächelnd und streichelt mir durchs Haar.

Dann kommt der erste Tropfen. Gierig bewege ich ihm meinen Mund entgegen und nehme ihn mit meiner Zunge auf. Dann werden es Tröpfchen, ein kurzer Strahl und schließlich ergießt sich ein großer Schwall des Natursekts in meinen Mund, der diesen in wenigen Augenblicken überfüllt, sodass sich das goldene Nass, über mein Kinn, nach unten, über meine Brüste hinweg, seinen Weg nach unten in die Wanne bahnt.

Immer wieder spucke ich den Sekt gegen den Unterleib meiner Spenderin und drücke meinen Mund ganz nah an die Quelle. Ihr Strahl ist hart und schier unendlich. Ich beginne mich zu befingern und mit der anderen Hand reibe ich meine harten Nippelchen und kneife sie. Mel streicht mir durchs Haar und blickt mir dabei tief in die Augen. Ich erkenne diesen Blick, der mir sagt:

>»Los mach es mir, meine kleine Sektschlampe! Saug meine Quelle bis zum letzten Tropfen aus und lass mich über allen Wolken hinweg, unter heftigen Orgasmen meinen Höhepunkt erleben!«

Als der Strahl dann langsam zu versiegen beginnt, lasse ich meine Zunge an ihrem Lustzentrum kreisen, packe sie fest am Po und vor lauter Erregung stößt Mel

>»Pack meinen Arsch fester, du alte Lesbe!«

aus, was die vor der Tür stehende Petra wohl gehört haben muss, denn sie erkundigt sich an der Tür klopfend:

»Was ist denn da drin los!?«

Wir erschrecken uns und sehen uns entsetzt an.

»Oh! Das ist ja …«, sage ich nervös.

»Ja, das ist sie!«, bestätigt Melanie, erst erschrocken, dann kichernd.

»Macht sofort die Tür auf, meine Fräuleins!«

Ich war immer noch so erregt, dass ich dies umgehend tue, weil ich hoffte, dass sie sich uns anschließen und mitmachen würde.

Als die Tür dann geöffnet ist, fasst sich Petra schockiert an die Wangen und sieht mich fassungslos an.

»Was sollte denn das hier werden?«, fragt sie.

»Äh … ähm.«, äußere ich.

»Du glaubst wohl, dass das hier eine Sexparty ist, was!?«

Da auch Melanie mittlerweile in der Tür steht, sieht sie uns beide empört an.

»Ihr zieht euch sofort an und verschwindet! Sofort!«, befiehlt sie in einem strengen Ton, schließt die Tür wieder und wartet.

»Dumm gelaufen, was?!«, sage ich enttäuscht.

Melanie schenkt meiner Aussage keine weitere Beachtung und zieht sich auch wieder an. Dann verlassen wir das Badezimmer. Im Hausflur werden wir von unserer Gastgeberin mit strengem Blick erwartet.

»Geht beide da rein!«, sagt sie und zeigt auf das Zimmer ihres 18-jährigen Bruders.

Wir betreten das kleine Zimmer, in dem sich nur ein kleines Bett, ein großer Schreibtisch und ein paar kleinere Regale befinden. Als wir im Raum stehen, schließt Petra die Tür hinter uns. Sie bleibt direkt hinter der Pforte stehen, lehnt sich mit dem Rücken dagegen und meine Freundin und ich setzen uns auf das kleine Bettchen.

Dann begibt sich unsere Gastgeberin auf den Tisch, der dem Bett gegenübersteht.

»Nun, was habt ihr zu eurer Verteidigung zu sagen, Fräuleins?«

Wir sehen verschämt unter uns.

»Wir haben doch bloß etwas rumgealbert, Petra.«, sagt Melanie leise.

»Ja!«, bestätige ich, »Wir lieben es uns gegenseitig nass zu machen.«

»Auf meiner Party!? Im Bad meiner Eltern!?«, unterbricht die Gastgeberin meine Ausführungen, »Also, was sollte das da eben auf der Toilette werden? Wollten die beiden Damen etwa Geschlechtsverkehr praktizieren?«, fragt

Petra, lehnt sich etwas weiter nach hinten und setzt sich nun breitbeinig vor uns hin.

Wir können sehen, dass sie keinen Slip trägt.

»Ja, ich denke schon!«, sage ich.

»Seit ihr lesbisch?«

»Nein!«, echauffiere ich mich.

»Und wieso hat sie dich als eine solche bezeichnet, Fräulein? Und überhaupt, was ist denn das für ein Ton? Hast du etwa Vorurteile gegen Lesben?«

Wir sehen uns fragend an.

»Sag`s mir, Kelly!«, dabei zieht sie ihr Kleid soweit hoch, dass wir ihr Geschlechtsteil sehen können.

Wir reißen unsere Augen weit auf und sehen sie fragend an. Wir schweigen.

»Nun, was ist, Kelly?«, fragt sie grinsend.

Melanie steht auf, berührt zart den Oberschenkel unserer Freundin und nähert sich langsam ihrem Gesicht. Kurz bevor ihre Lippen, Petras Mund berühren, stoppt sie. Meine Freundin sieht ihr in die grünen Augen und nach kurzem Zögern gibt sie ihr einen Kuss.

»Du bist nicht so prüde wie deine Freundin, was!«, freut sich die Geküsste und steckt ihre Zunge tief in den Mund ihrer Freundin.

Da aber auch ich, keine Verächterin weiblicher Liebkosungen bin, begebe ich mich auf meine

Kniee. Auch ich sehe keinen anderen Ausweg aus der Situation und beginne die Beine unserer Gastgeberin zu küssen.

»Ich glaube, dass wir uns heute noch viel intensiver kennenlernen werden, als bisher.«, haucht Petra erregt.

Sie fährt mir durch die Haare und küsst Mel. Dann öffnet sie den Reißverschluss ihres Kleides.

»Spielt mit meinen Brüsten!«, fordert sie.

Wir tun es. Ich öffne den C-Körbchen Büstenhalter, und dann beginnen wir an den Nippeln der 20-jährigen zu saugen. Ich links und Melanie rechts. Petra stöhnt. Sie reckt ihren Kopf nach hinten und schüttelt ihre Mähne aus. Ich unterbreche meine Liebkosung.

»Du hast wunderschöne Haare.«

»Danke, Kelly. Und du hast wunderschöne Brüste. Die sind mir bereits vor Jahren aufgefallen. Mit denen würde ich gerne mal spielen.«, sagt sie verschmitzt grinsend.

Während Melanie weiter abwechselnd die Brüste unserer Freundin liebkost, ziehe ich mein Kleid aus und lasse meine Brüste in der Luft herumschwingen.

»Sind das geile Hügel!«, äußert die Gastgeberin, »Komm näher! Ich will sie in den Mund nehmen.«

Mel und ich organisieren uns so, dass meine Freundin nun Petras Muschi lecken kann und ich

breitbeinig über ihr stehe, damit die lesbische Frau meine beiden besten Stücke mit dem Mund berühren kann. Gierig bearbeitet Petra meine rechte Brustwarze mit der Zunge und beginnt sie zu lecken. Gleichzeitig spielt Melanie brav weiter an der Spalte der Frau.
Ich beginne nun ebenfalls damit, mich unten herum zu befingern, indem ich meinen Kitzler reize.
So geht das nun eine ganze Weile, unter ständig lauter und erregter werdendem Gestöhne und Gekeuche.
Dann sagt Petra:
»Ich will dich jetzt auch mal streicheln, Kelly.«
»Aber sicher doch.«, erwidere ich erregt.
Ich spreize meine Beine etwas weiter und erwarte ihre Finger.
Melanie ist mittlerweile ebenfalls komplett nackt. Die Gastgeberin und ich küssen uns und die jüngere Frau steckt einen ihrer Finger der rechten Hand in meine Spalte. Meine Freundin ist weiterhin mit der Vagina der 20-jährigen beschäftigt.
»Achtung!«, bemerkt Petra kurz und dann läuft Mel ein warmer, gelber Strahl in den Mund und über den Körper.
Meine Freundin genießt die Flüssigkeit auf ihrem Body.

»Im Zimmer deines Bruders!«, bemerkte ich verschmitzt lächelnd, » Du bist ja eine geile Drecksau!«

»Ich bin eine geile, versaute Drecksau! Und ich stehe total auf geile Pissspiele in der Wohnung! Und noch mehr!«, haucht sie mir unter wilden Zungenküssen entgegen. »Deine Freundin auch?«

»Da steht sie total drauf. Mehr!? Was denn noch?«, frage ich, während Melanie den Urin schluckt, auf die Freundin spuckt und ihn an ihrem Körper herunter laufen lässt.

Fasziniert sehe ich nach unten. Auch mir laufen alsbald ein paar Tropfen aus dem Körper und als Melanie dies wahrnimmt, nimmt sie auch meine Pisse lustvoll auf. Unter ihr bildet sich eine große Lache aus Urin, in der sie sich genüsslich räkelt und immer wieder etwas davon aufnimmt und auf sich verreibt.

»Was hältst du von Stellung „69"?«, fragt mich Petra.

»Gerne! Und wo?«, erkundige ich mich.

»Auf dem Schreibtisch natürlich!«

Die Gastgeberin legt sich mit dem Rücken auf den Tisch, ich strecke ihr meine Lustzone entgegen und lege mich mit meinem Bauch auf den der jüngeren Frau. Sofort beginne ich mit der Liebkosung der Freundin. Bevor sich Petra nun meinem Unterleib hingibt, öffnet sie eine

Schublade des Schreibtisches und nimmt einen etwa 25 Zentimeter langen Vibrator heraus.

»Steck ihn dir in deine geile Fotze und mach es dir hier vor mir selbst!«, sagt sie zu Melanie, die erstaunt darüber, dass Petra so gut vorbereitet ist, das Spielzeug greift, und es sich erst in den Mund und dann in ihre „Höhle" einschiebt.

Dann beginnt Petra meine Muschi zu lecken, die immer noch nach Sekt schmeckt. Währenddessen dreht sie ihren Kopf mehrmals zu Mel rüber. Es macht sie total geil zu sehen, wie sie es sich vor ihr liegend, sich im Urin räkelnd, selbst besorgt. Melanie bewegt den Luststab nun immer schneller. Dabei verdreht sie die Augen und beißt sich auf die Lippen, damit sie ihre Erregung nicht lauthals rausschreien muss. Ich bin nun soweit der Gastgeberin drei Finger ins Heiligste zu schieben. Sofort beginnt diese noch intensivere Laute des Glücks von sich zu geben.

»Nimm noch einen Finger dazu!«, fordert sie, »Beug dich noch etwas weiter runter, damit ich deine geilen Tittchen ganz auf mir draufliegen habe!«, wünscht sie sich weiter.

Ich gehorche.

»Ich muss wieder pissen!«, stöhnt Mel, nimmt den Vibrator aus sich heraus, hält ihn unter sich und lässt ihren Urin darüber laufen.

Das erregt Petra noch mehr.

>»Los steck mir deine ganze Hand in meine geile Fotze!«, wünscht sie sich von mir und kratzt mir mit ihren langen Fingernägeln über den Po.

Währenddessen strullt Melanie, was das Zeug hält.

>»Das macht mich so scharf! Zu sehen, wie du auf den Boden meines Bruders pisst! Ihr seit zwei richtig versaute Schlampen!«, lobt sie.

Ich bin mittlerweile mit der kompletten Hand in Petra.

>»Ja, macht dich das an?«, frage ich.

>»Oh ja, das ist herrlich, du bist richtig gut.«, erwidert sie.

Nachdem nun die letzten Tropfen aus Melanie herauslaufen, fordert Petra:

>»Bring mir den Dildo und dann legt dich wieder in deine Pisse auf den Boden!«

Sie tut es.

Mit verdrehten Augen steckt die 20-jährige den Vibrator in ihren Mund, saugt daran und leckt ihn sauber, während die Spenderin sich in ihrem Urin räkelt und dabei an sich selbst herumspielt.

>»Nun werde ich dir den Dildo in deine geile Fotze stecken!«, kündigt meine Freundin mir gegenüber an, gibt mir zwei leichte Schläge auf den Po und dann

wandert der Luststab auch schon in sein feuchtes Ziel.

»Komm mal her!«, bitte ich Melanie.

Diese kommt zu mir.

»Mach du mal weiter.«, bitte ich und Mel steckt ihre Hand in die Lustzone unserer Gastgeberin.

Diese besorgt es mir nun, wie ich es schon lange nicht mehr erlebt habe. Mit ihrer freien Hand führt sie zwei Finger in mein enges Poloch. Dabei stöhnt die 20-jährige vor Lust. Immer schneller wird ihre Atmung und sie keucht quasi mit mir um die Wette. Wir schienen uns gegenseitig regelrecht hoch zu schaukeln.

Dann verspüre ich plötzlich einen starken Druck in meinem Darm, der durch das immer tiefere Eindringen, der Finger unserer Gastgeberin noch heftiger wird. Ich beginne zu drücken und kurz darauf werden Petras Finger mit jeder Bewegung, die sie in mir vollzieht brauner. Meine Gönnerin beginnt, als sie dies wahrnimmt, noch lauter an zu stöhnen und bohrt regelrecht nach der dunklen Masse in mir. Dann nimmt sie ihre Finger gänzlich aus meinem Po und steckt sie sich erst in den Mund, und dann beginnt sie den herben Kaviar auf meinem Gesäß zu verreiben, während ich ihn weiter aus mir herausquillen lasse.

»Du geile Sau!«, kommt es Petra begeistert über die Lippen und sie beginnt nun damit, meinen Kot aufzusammeln und ihn mit einer Hand auf ihrem Oberkörper und mit der anderen Hand auf meinem Po zu verreiben.

Und ich drücke immer weiter. Seit zwei Tagen konnte ich meinen Darm nicht mehr entleeren und nun findet die gesamte Masse ihren Weg nach draußen.

Sofort, als auch Mel mitbekommen hat, was hier passiert, nähert sie sich mir und beginnt damit, ihre Zunge auf unseren Körpern wandern zu lassen, immer mit dem Verlangen soviel Kaviar wie möglich aufzunehmen. Dann drücken die beiden Damen meine Pobacken auseinander und nehmen die weiche Wurst direkt von der Quelle her auf. Dabei stöhnen sie erregt und geben sich immer wieder versaute, braune Zungenküsse, währenddessen ich meinen Kaviar in ihre Gesichter drücke.

Dann habe ich mein großes Geschäft erledigt und drehe mich zu meinen beiden Freundinnen um. Ich stehe auf, sie ebenso und als wir uns gegenseitig mit heißen Küssen verwöhnen, grapschen sie mir fest gegen meinen Po und verreiben die braune Creme darauf.

Da ich meinen Höhepunkt aber noch nicht erlebt habe, bitte ich Petra es mir nun von hinten zu besorgen, was sie gerne tut. Sofort schiebt sie 4 braun versaute Finger in meine Lustzone und

damit das Ganze nicht zu laut wird, stellt sich Melanie vor mich und verwöhnt mich mit herben Zungenküssen.
Nach ganz kurzer Zeit bin ich unmittelbar vor meinem Höhepunkt. Dieser kündigt sich so gewaltig an, dass ich meinen Unterleib stark gegen Petras Hand presse, und mich mit beiden Händen an Mels Schulter festkralle. Immer schneller keuche ich, immer lustvoller und schwerer wird mein Stöhnen. Dann komme ich. Mein kompletter Körper erbebt, als ich von der 20-jährigen mittels Kaviarfinger zu einem der intensivsten Höhepunkte gebracht werde, die ich je mit einer Frau erleben durfte.
Als ich wieder halbwegs auf meinen wackeligen Beinen stehen konnte, erklärte Melanie, dass sie ebenfalls noch ein Mittagessen und ein Frühstück in ihrem Darm herumtragen würde, was Petra auf die Idee bringt, sie könne es ihr gerne ins Gesicht und auf den Oberkörper drücken, wenn Mel es ihr gleichzeitig mit ihren Fingern besorgen würde. Dazu lässt sich meine gute Freundin nicht zweimal bitten. Sofort wird Petra auf den Boden gelegt und kurz darauf presst Mel ihr eine harte, dunkelbraune Wurst ins Gesicht, welche Petra gierig mit ihrem Mund entgegennimmt und dann mit ihren Händen auf in ihrem Gesicht und auf dem Rücken der edlen Spenderin verteilt. Gleichzeitig sitze ich auf dem Tisch, spreize meine Beine und spendiere eine

weitere Runde vom edelsten Natursekt, der an Melanie herunter, auf unsere Gastgeberin, herabläuft.

Und dann ist auch Petra alsbald soweit. Ihr ist nun alles egal. Es ist ihr egal, ob sie jemand hört oder ob jemand an der Tür klopfen oder lauschen könnte. Petra hält es nicht mehr ruhig auf dem Boden, als Melanies Hand ihr Innerstes vibrieren lässt und sie dabei mit dem Kaviar in ihrem Gesicht spielt. Sie greift mit beiden Händen in die Natursektlache, die sie umgibt, und zappelt wild mit ihrem Unterleib. Dabei verreibt sie die braungelbe Mischung aus festem und verflüssigtem Kaviar auf dem Rücken meiner Freundin. Der Orgasmus scheint gar nicht mehr zu enden. Immer wieder zuckt die 20-jährige von Neuem und schreit ihre Lust lauthals heraus.

Dann lässt sie den leicht angehobenen Unterleib erschöpft auf den Boden knallen und kratzt über Melanies Rücken.

»Seit ihr gut, Mädels!«, schnauft sie völlig außer Puste.

Petra strahlt über beide Ohren und streichelt Mel über die Wangen, die sich zu ihr umgedreht hat. Dann setzen sie sich neben mich an den Tisch und wir geben uns ein letztes Mal herbe Zungenküsse.

»Ihr seit tolle Freundinnen!«, lobt Petra, »Ich glaube wir sollten uns mal wieder treffen!«, sagt sie lächelnd und immer noch schwer atmend.

Daraufhin sehen wir uns alle freudestrahlend an, stehen auf und legen uns zusammen auf das Bett. Nachdem wir noch etwa eine halbe Stunde Zärtlichkeiten austauschten, bekleideten wir uns behelfsmäßig mit Jogginganzügen, die Petras Bruder gehörten, und gingen ins Bad, wo wir uns duschten. Danach gingen wir zurück zu anderen. Auf der Party tanzten wir die halbe Nacht und tranken bis zum Umfallen Rum mit Cola, sodass wir uns am nächsten Morgen nicht mehr ganz so sicher waren, was davon nun wirklich passiert war, und was nicht ...

VI. Das Picknick

Es war der letzte Sonntag im August. Melanie und ich haben uns zu einem gemütlichen und romantischen Picknick am Rand unseres örtlichen Wäldchens verabredet. Wir wollten einen letzten, schönen Nachmittag im Sommer verbringen, dabei gemütlich ein bisschen Wein trinken, etwas feines essen und uns dann unserer Liebe hingeben und uns ein wenig unter freiem Himmel einsauen.

Wir trafen uns gegen 14 Uhr bei ihr zu Hause und bereiteten uns ein Körbchen mit Leckereien zu. Wir machten uns einen leckeren Nudelsalat, kleine Sandwichhäppchen und gegen das allgegenwärtige Austrocknen nahmen wir uns drei Flaschen vom roten Weine mit. Dann verpackten wir noch eine alte Decke und schon ging es los.

Als wir ankamen, schien die Sonne wonnig und wir entschieden uns für eine runde Sonnenbaden ohne Streifen und genossen dazu die erste Flasche vom köstlichen Wein.

Dann, zwei Stunden später, öffneten wir bereits die dritte Flasche und verköstigten unser mitgebrachtes Essen.

Wir hatten alsbald auch die dritte Weinflasche ausgetrunken, waren also schon etwas beschwingt, und durch das viele Essen stellte sich ein heftiges Magendrücken ein.

Trotzdem begannen wir erst einmal damit, uns in eine geile Stimmung zu versetzen. Wir knutschten und streichelten uns gegenseitig von oben bis unten. Wir züngelten und drückten unsere Brüste aufeinander. Ich lag unten auf der Decke und zwischen unseren Körpern drückte sich ein angenehmer Lufthauch hindurch, der unsere Nippel steif werden ließ. Auch der leichte Hauch, der gegen meine Unterleibsöffnung wehte, immer wenn ich meine Beine etwas auseinanderdrückte, erregte mich zusätzlich. Melanie lag nun auf mir. Dann winkelte sie während unserer Küsserei die Beine an und hob ihren Po etwas in die Luft.

»Sollen wir anfangen?«, fragte sie mich.

»Wenn schon, denn schon!«, erwidere ich und wir lächeln uns an, »Musst du denn schon?«

»Oh ja, meine Blase ist kurz vorm platzen.«, klärt sie mich auf und ich bitte sie sich umzudrehen.

Sie tut es und schon kann ich ihren warmen Sekt auf meinem Bauch und meinen Brüsten spüren - wie er von meinen Beinen herab, auf den Stoff läuft und sich unter mir eine nasse Lache bildet.

»Das fühlt sich so geil an.«, bemerke ich lächelnd und gebe ihr Küsse auf ihren Po, während sie ihren harten Strahl weiter gegen meinen Oberkörper laufen lässt.

»Macht es dich auch so geil, wie mich?«, erkundige ich mich bei ihr.

»Ich liebe es, es draußen zu machen!«, klärt sie mich auf.

»Ich ebenfalls!«

»Wow! Ich sage es ja immer! Du bist eine Sau! Eine richtig geile Sau!«

»Ich habe nie etwas anderes behauptet, meine liebe Melanie.«

»Jetzt will ich aber auch dein BRAUNES Gold auf mir spüren!«, verlange ich.

»Wie hättest du es denn gerne?«, erkundigt sich Melanie.

»Ich will, dass du mir deinen Kaviar auf den Bauch drückst.«

»Ich will dir auf die Brüste kacken!«

»Das ist auch in Ordnung.«, erkläre ich. Umgehend fing sie an eine große, braune Wurst auf meine Brüste zu drücken. Sie hatte eine schöne mittelbraune Farbe und eine recht weiche Konsistenz, aber ohne ihre Form zu verlieren. Als nichts mehr aus ihr herauskam, drehte sie sich um, und bewunderte ihre Arbeit. Sie nahm ihre beiden Hände und verteilte ihre braune Masse auf meinen Titten und meinem Hals.

»Ich will es schmecken, du geile Sau!«, sagte ich lüstern und sie reichte mir ihre braun verschmierten Hände an meinen Mund.

Gierig beugte ich meinen Kopf vor und leckte ihre Handflächen ab. Die völlig durchnässte Decke tat ihr übriges, mich total zu erregen. Dann fing auch Melanie an, an einer ihrer Hände zu lecken und alsbald gaben wir uns wilde, braune Zungenküsse. Wir schmeckten ihren Kaviar in unseren Mündern und wir genossen es uns gegenseitig zu verschmieren.

Kurze Zeit darauf waren wir beide total braun an unseren Oberkörpern und wir leckten uns abwechselnd die Brüste und saugten an unseren verschmierten Nippeln. Dann wechselten wir die Positionen. Melanie legte sich mit dem Rücken auf die Decke und ich setzte mich aufrecht auf ihren Bauch. Ich rieb meine nasse Fotze auf ihrem braunen Oberkörper und rutschte dann hinauf in ihr Gesicht und ließ mich von ihr lecken. Ich genoss es sehr ihre Zunge an meinen kaviarbedeckten Lippen zu spüren. Dann begann ich ein paar kleine Tröpfchen feinsten Sektes in ihren Mund laufen zu lassen, die sie gierig aufnahm und herunterschluckte. Dann stand ich auf und stellte mich über sie, um sie richtig vollpinkeln zu können. Immer wieder ließ ich meinen Strahl auf ihr Gesicht und ihre Brüste laufen, wo er dafür sorgte, dass der Kaviar wieder etwas weicher wurde, damit sie ihn sich neu verreiben und in den Mund stecken konnte.

Dies erregte mich so sehr, dass ich noch während des Urinierens anfing meine Klitoris zu reizen und laut zu stöhnen begann.

Als meine Quelle versiegte, war ich schon fast soweit meinen Höhepunkt zu erleben, aber es sollte jetzt noch nicht passieren. Ich setzte mich wieder auf ihr Gesicht, mit meinem Gesicht Richtung ihres Oberkörpers, und beugte mich vor, während sie mich leckte. Ich fing ebenso an ihre kleine Pflaume mit einem Finger zu reizen.

Nachdem wir beide unseren ersten Höhepunkt erlebt hatten, drehte ich mich um, und ließ mein Gesäß auf ihrem Bauch Platz nehmen, wo ich es hin und her rieb, um möglichst viel von ihrem braunen Gold auf meinem Po zu haben. Mit meinen Händen rieb ich auf ihren Brüsten herum und ließ meine Freundin immer mal wieder von ihrem eigenen Kaviar naschen, den ich mir selbstverständlich auch mehr als nur einmal gönnte.

Dann war ich an der Reihe, ihr von meinem „braunen Gold" zu spenden. Ich wendete Melanie meinen Po entgegen und legte mich mit meinen Brüsten auf ihren Bauch. Dann bat ich sie, mir einen Finger in meine Rosette zu schieben, und nachdem sie dies tat, fing ich an zu drücken. Ganz langsam schob ich meinen Darminhalt nach vorne und meine Freundin nahm ihren Finger jedes Mal aus mir heraus, wenn sie spürte, dass etwas braunes an ihrem

Finger haftete. Sie schob ihn sich dann in ihren Mund und saugte meinen Kaviar von ihm ab. Dann führte sie ihn wieder in mich hinein. So ging das eine ganze Weile, bis sie es schließlich in ihrem Gesicht spüren wollte. Sie nahm ihren Finger aus mir heraus und erklärte mir, dass sie jetzt die ganze Ladung haben möchte. Also tat ich, was meine Liebste von mir erwartete. Ich rückte noch näher an sie heran, meine Möse berührte nun ihr Kinn, und dann drückte ich ihr meine ganze Ladung in ihr Gesicht. Ein Teil landete in ihrem Mund und sie begann damit, es zu zerkauen und zu schlucken oder aus ihrem Mund in eine Hand gleiten zu lassen, um die schmierige Masse auf meinem Po zu verteilen. Der Rest, der nicht „verarbeitet" wurde, verteilte sich auf ihrem Gesicht. Weiterhin kam immer mal wieder ein kleiner Schwall Sekt aus meiner Möse herausgelaufen, den sie aber auch dankbar verwendete, oder auf meinen Po spuckte.

Nachdem ich alles nach draußen gedrückt hatte, drehte sie sich zu mir um, und ich sah sie grinsend an.

»Hat es der Dame gemundet?«, fragte ich.
»Vielen Dank der Nachfrage. Es schmeckte mir vorzüglich. Wie immer!«

Dann neigte ich meinen Kopf zu ihr herunter und wir küssten uns. Ich schmeckte meinen Kaviar sowohl in ihrem Mund als auch in ihrem Atem und kam dann auf die Idee, etwas von meinem Po zu nehmen, es zu einem kleinen Klümpchen zu formen und es dann in meinem Mund verschwinden zu lassen. Dann küssten wir uns weiter und das kleine Bällchen wanderte immer hin und her - von mir zu ihr und wieder zurück. Dabei wurde der Kaviar von unserem Speichel immer mehr verflüssigt, bis sich Melanie dann an einem abfallenden Stück verschluckte und heftig zu husten begann. Sofort stieg ich von ihr herunter und klopfte ihr auf den Rücken, damit es besser werden sollte. Sie war wohl kurz vorm Erbrechen, aber dies passierte nicht.

In diesem Moment stellte ich mir vor, wie es wohl wäre, auch diesen Aspekt oder besser gesagt auch diese Spielart zu praktizieren. Aber zu diesem Zeitpunkt kam es nicht dazu, obwohl es mich sehr reizte, solange ich aufgegeilt war.

Nachdem Melanie wieder alles im Griff hatte, bat ich sie, dass sie sich meinen Strapon anzieht, den ich mit ins Körbchen gepackt hatte, und meine kaviarverschmierte Möse ficken sollte. Gerne kam sie meinem Wunsch nach und ich drückte mein Gesicht in die vollgepinkelte Decke und reckte ihr wollüstig meinen Unterleib entgegen. Alsbald führte sie meinen Strapon in mich ein, packte mich bei den Hüften und rammelte mich ordentlich durch. Immer wieder versuchte ich derweil noch einen Rest Kaviar aus mir herauszudrücken, was mir aber nicht wirklich gelungen war, da ich ihr wirklich meine gesamte Ladung ins Gesicht drückte.

Während sie mich hart von hinten nahm, vergrub ich mein Gesicht so tief es ging in die Decke, um soviel wie möglich, von dem nassen und teilweise auch mit Kaviar bedeckten Stoff, an bzw. in mich aufzunehmen. So schnell wie schon lange nicht mehr näherte ich mich einem heftigen zweiten Höhepunkt, den man wohl quer durch den Wald wahrnehmen konnte, als mich meine Geliebte mit Worten wie: „Du bist meine geile Ficksau, du geile Pissschlampe oder Kaviarnutte, zeig mir, wie geil ich dich mache" in einen heftigen Orgasmus trieb. Er wollte gar nicht mehr aufhören in mir zu blitzen und meine Muskelkontraktionen waren kurz davor mir Schmerzen zu bereiten, so heftig waren diese, als ich während meines Höhepunktes, noch etwas vom leckeren Kaviar meiner Freundin in meinem Mund hatte.

Dann ließen ihre Stöße langsam nach, bis sie sich aus mir entfernte und ich mich auf den Rücken drehte und heiße und intensive Zungenküsse, die ebenfalls noch braune Züge hatten, empfing. Dann sollte Melanie auf ihre Kosten kommen. Da der meiste Kaviar, der an unseren Körpern haftete, bereits hart war, suchte ich kleinere, noch feuchte Klümpchen auf uns und der Decke,

formte sie zu einer Kugel und feuchtete diese mit meinem Speichel an, um die braune Masse dann auf ihrer Möse und ihrem Po zu verteilen.
Mittlerweile waren auch schon etliche Fliegen und Mücken auf unseren Körpern, die sich ebenfalls am Kaviar labten.
Dann legte sie sich auf den Rücken und winkelte ihre Beine an, damit ich sie mit dem Strapon ordentlich befriedigen konnte. Ich drückte meinen Oberkörper gegen ihre Beine und bewegte den künstlichen Freudenspender tief in sie hinein und sie quittierte jeden Stoß mit einem heftigen Stöhnen. Überall an ihren wohlgeformten Körper konnte ich Kaviarspuren entdecken, die durch den vielen Sekt leicht glitzerten und einen geilen Duft verteilten, der uns beiden noch mehr geiles Vergnügen bereitete, als wir es ohnehin schon immer erlebten, wenn wir uns dem gemeinsamen Liebesspiel hingaben. Ebenso sorgte der geile Geruch nach Kaviar und Natursekt dafür, dass auch sie ihren Höhepunkt viel schneller erreichte als gewöhnlich. Es dauerte noch keine drei Minuten und Melanie, die sich während dieser Zeit immer wieder Kaviar griff und sich im Gesicht verteilte, war im siebten Himmel angekommen.
Nachdem auch meine Freundin, unter heftigen Bewegungen und lautem Gestöhne ihren Höhepunkt erlebte, fuhr ich den Strapon aus ihr

heraus und legte mich erneut auf sie. Wir küssten uns und beteuerten uns unsere gegenseitige Liebe. Wir blieben in unserem Kaviar liegen, knutschten und kuschelten noch bis es dunkel wurde und ließen immer mal wieder etwas Sekt nachfließen, wenn es wieder mal Zeit war, unsere „Tanks" zu entleeren. Gegen zwölf Uhr zogen wir uns unsere engen Kleidchen an und machten uns auf den Heimweg.

Bei ihr zu Hause angekommen, gingen wir duschen und schliefen unmittelbar danach tiefenentspannt in ihrem Bettchen ein um dann am nächsten Morgen ein neues Spiel zu beginnen ...